少《しょう》年《ねん》探《たん》偵《てい》 響《ひびき》④

記《き》憶《おく》喪《そう》失《しつ》の少女《しょうじょ》のナゾ!?の巻《まき》

秋木《あきぎ》 真《しん》・作
しゅー・絵

角川つばさ文庫

もくじ

キャラクター紹《しょう》介《かい》

朝《あさ》永《なが》咲《さ》希《き》

高校《こうこう》1年生《ねんせい》。一度目《いちどめ》にしたものはわすれない「映像《えいぞう》記憶《きおく》能力《のうりょく》」のもちぬし。

白《しら》里《さと》響《ひびき》

小学《しょうがく》6年生《ねんせい》。名探偵《めいたんてい》・小笠《おがさ》原《わら》源馬《げんま》の弟子《でし》として活躍《かつやく》しはじめたばかり。

花《はな》里《さと》琴《こと》音《ね》

高校《こうこう》2年生《ねんせい》。花里《はなさと》グループの会長《かいちょう》の孫《まご》の超《ちょう》お嬢様《じょうさま》。

ミカ

記憶喪失《きおくそうしつ》の少女《しょうじょ》。不審《ふしん》な男《おとこ》たちにおそわれていたところを琴音《ことね》に助《たす》けられた。

倉《くら》田《た》静《しず》乃《の》

源馬《げんま》のアシスタント。ずばぬけた情報収集《じょうほうしゅうしゅう》能力《のうりょく》がある。トリッククイズを考《かんが》えるのが趣味《しゅみ》。

小《お》笠《がさ》原《わら》源《げん》馬《ま》

響《ひびき》の「探偵《たんてい》の師匠《ししょう》」。日本《にほん》で実際《じっさい》に「名《めい》探偵《たんてい》」として大活躍《だいかつやく》している有名人《ゆうめいじん》。

猿《さる》渡《わたり》警《けい》部《ぶ》

子《こ》どもの響《ひびき》にも絶《ぜつ》大《だい》な信頼《しんらい》をよせてくれる警察官《けいさつかん》。

これまでのお話《はなし》は…

わたし、咲希《さき》。

ミステリー小説《しょうせつ》やマンガがだ〜いすきで、ずっと「名探偵《めいたんてい》」にあこがれてたんだ。

そんなわたしも今《いま》では名探偵《めいたんてい》の助手《じょしゅ》になれたの！

彼《かれ》の名《な》は…白《しら》里《さと》響《ひびき》くん！

小学生《しょうがくせい》にして、警察《けいさつ》の捜査《そうさ》にフリーパスで口《くち》をだせる特別捜査許可証《とくべつそうさきょかしょう》を持《も》つ少年探偵《しょうねんたんてい》なんだ！

今回《こんかい》はどんな事件《じけん》を解決《かいけつ》しちゃうんだろっ!?

1 名探偵《めいたんてい》は、名子役《めいこやく》？

あ〜〜緊張《きんちょう》するよぉ。

大通《おおどお》りからそれた小道《こみち》を歩《ある》きながら、わたしはふるえそうになる両手《りょうて》を、ギュッとにぎりしめる。

そっととなりに視線《しせん》をむけると、響《ひびき》くんがいる。

響《ひびき》くんは、いつもの白《しろ》のジャケットじゃなくて、高級《こうきゅう》そうな、グレーのフォーマルスーツを着《き》こんでいる。

そして、わたしもいつもと服装《ふくそう》が、だいぶちがう。

白《しろ》のブラウスに、黒《くろ》のパンツスーツで、大人《おとな》っぽくしたつもり。

その服装《ふくそう》をあらためて見《み》ただけでも、またドキドキと心臓《しんぞう》の音《おと》が速《はや》まる。

小道《こみち》をさらに進《すす》むと、目的地《もくてきち》が見《み》えてくる。

白《しろ》い壁《かべ》の、５階建《かいだ》てのビル。

１階《かい》の入《い》り口《ぐち》は、ガラス張《ば》りになっているけど、大《おお》きな看板《かんばん》は出《で》ていない。

絵画《かいが》のイベントホールだとしめす、おしゃれな小《ちい》さな立《た》て看板《かんばん》があるだけ。

わたしは足《あし》を止《と》めて、建物《たてもの》を見《み》あげて、ゴクリとつばをのみこむ。いよいよだ。

「それじゃあ、行《い》こうかあ、朝永《あさなが》くん」

となりの響《ひびき》くんが、言《い》う。

――えっ。

のんびりした口調《くちょう》に、おどろきながら見《み》ると、これまで見《み》たことのないほど、ぼんやりした雰《ふん》囲気《いき》の響《ひびき》くんが、覇気《はき》のない表情《ひょうじょう》で立《た》っていた。

「どうしたのぉ、朝永《あさなが》く～ん？」

「えっ……い、いいえ、なんでもありません」

とまどいそうになるが、わたしは自分《じぶん》のやるべきことを、思《おも》い出《だ》す。

「はい、響坊ちゃま。まいりましょう」

わたしは声《こえ》を低《ひく》めにして、答《こた》える。

今《いま》の響《ひびき》くんとわたしは、お金持《かねも》ちの御曹司《おんぞうし》と、その付《つ》き人《びと》。

そういう演技《えんぎ》をしてる。

なぜ、そんなことをしているかといえば………その説明《せつめい》は、またあとで。

わたしは、小《ちい》さく呼吸《こきゅう》をして、心臓《しんぞう》のドキドキをおさえる。

ここからのわたしは、御曹司《おんぞうし》の付《つ》き人《びと》、御曹司《おんぞうし》の付《つ》き人《びと》……。

自分《じぶん》の心《こころ》に、言《い》い聞《き》かせる。

さあ、行《い》かなきゃ！

わたしは、見《み》た目《め》より重《おも》たいバッグを、肩《かた》にかけなおす。

響《ひびき》くんの前《まえ》に行《い》き、イベントホールのドアを開《あ》ける。

響《ひびき》くんを中《なか》に通《とお》してから、わたしもつづく。

ビルの中《なか》は、外《そと》から思《おも》っていたより、だいぶ広《ひろ》くて、奥行《おくゆ》きがあった。学校《がっこう》の教室《きょうしつ》の4倍《ばい》ぐらいかな。

「いらっしゃいませ」

入《い》り口《ぐち》のすぐ横《よこ》に、受付《うけつけ》があり、若《わか》い女性《じょせい》がすわっている。

受付《うけつけ》の女性《じょせい》は、響《ひびき》くんとわたしを見《み》ると、

「どなたかの、ご紹介《しょうかい》でしょうか？」

と、たずねてくる。

わたしは、響《ひびき》くんの前《まえ》に出《で》る。

「斎藤氏《さいとうし》の紹介《しょうかい》で、まいりました。こちらが、紹介状代《しょうかいじょうが》わりの名刺《めいし》です」

わたしは、用意《ようい》していた名刺《めいし》を、すばやくバッグからとりだして、受付《うけつけ》の女性《じょせい》にわたす。

受《う》けとった女性《じょせい》が、名刺《めいし》の名前《なまえ》を見《み》て、顔色《かおいろ》を変《か》える。

「し、失礼《しつれい》いたしました。どうぞ、ごゆっくりご覧《らん》になってください。……お客様《きゃくさま》。お荷物《にもつ》が重《おも》そうですが、こちらでお預《あず》かりしましょうか？」

女性《じょせい》が立《た》ちあがって、わたしにきいてくる。

「い、いいえ。けっこうです。大切《たいせつ》な書類《しょるい》も入《はい》っていますので」

「そうですか。なにかご用《よう》がございましたら、声《こえ》をおかけください」

「ありがとう。……それではまいりましょう。響坊《ひびきぼっ》ちゃま」

わたしは、うまくいったことに、心《こころ》の中《なか》でほっとしつつ、響《ひびき》くんに声《こえ》をかける。

うしろで、受付《うけつけ》の女性《じょせい》が、どこかに連絡《れんらく》しているのが、気配《けはい》でわかる。

「へえ〜、いろいろと、おもしろいものがありそうだねぇ、朝永《あさなが》くん」

響《ひびき》くんは、深《ふか》いことは考《かんが》えていなさそうな、ぽやんとした様子《ようす》で言《い》う。

さすが響《ひびき》くん。

自分《じぶん》とはぜんぜんちがうタイプを、違和感《いわかん》なく演《えん》じてる。

響《ひびき》くんが先《さき》を歩《ある》き、わたしは1歩《ぽ》、うしろをついていく。

御曹司《おんぞうし》の付《つ》き人《びと》なのに、いつもみたいに、となりを歩《ある》いていたら、おかしいからね。

イベントホールの中《なか》は、大中小《だいちゅうしょう》のさまざまな絵画《かいが》が、豪華《ごうか》な額《がく》に入《い》れられて、かざられている。

それだけ見《み》ると、美術館《びじゅつかん》と似《に》ていそうだけど、少《すこ》しちがうところがある。

絵画《かいが》の下《した》に、小《ちい》さなパネルが貼《は》ってあるものの、そこには絵画《かいが》と画家《がか》の名前《なまえ》しか、書《か》かれていない。

どんな絵画《かいが》で、どんな画家《がか》なのか。その説明《せつめい》が一切《いっさい》ない。

ここにくる人間《にんげん》なら、それぐらいの価値《かち》は、わかっていますよね？　と言《い》いたげなかざり方《かた》。

それも、ここにくるお客《きゃく》さんの心《こころ》を、うまく刺激《しげき》するのかも。

わたしは、そっとまわりを見《み》てみる。

お客《きゃく》さんは、響《ひびき》くんとわたし以外《いがい》にも、あと15人《にん》はいる。

そのお客《きゃく》さんのすべてが、高価《こうか》そうなスーツを着《き》ていたり、ブランド物《もの》の洋服《ようふく》で身《み》をつつんだりしてる。

つまり、みんなお金持《かねも》ちなんだよね……。

わたしは、自分《じぶん》のいる場所《ばしょ》を実感《じっかん》して、ちょっとばかり気《き》おくれする。

そんなわたしの、服《ふく》のそでがチョンチョンと引《ひ》っぱられる。

視線《しせん》をむけると、響《ひびき》くんと目《め》があう。

──大丈夫《だいじょうぶ》です。

言葉《ことば》には出《だ》せないけど、そう言《い》ってくれている気《き》がした。

うん！　ここで怖《お》じ気《け》づいてる場合《ばあい》じゃないよね！

わたしは気合《きあ》いを入《い》れなおして、ホールの中《なか》を響《ひびき》くんといっしょに、進《すす》んでいく。

女性《じょせい》の肖像画《しょうぞうが》、洋風《ようふう》のお城《しろ》、晩餐風景《ばんさんふうけい》、自然《しぜん》の風景《ふうけい》など、いろんな絵《え》が壁《かべ》にかかっている。

熱心《ねっしん》な表情《ひょうじょう》で、お金持《かねも》ちのお客《きゃく》さんたちが、見《み》つめている。

その中《なか》を見《み》て歩《ある》いていると、響《ひびき》くんが1枚《まい》の絵《え》の前《まえ》で立《た》ち止《ど》まる。

キャンバスいっぱいに、ひまわり畑《ばたけ》が描《えが》かれている絵画《かいが》が、銀色《ぎんいろ》の豪華《ごうか》そうな額縁《がくぶち》でかざられていた。

大《おお》きさは、両手《りょうて》を横《よこ》に広《ひろ》げたぐらいかな。かなり大《おお》きい。

う〜ん……絵画《かいが》の価値《かち》なんて、ぜんぜんわからないからなぁ。

高《たか》い絵《え》なのかどうか、想像《そうぞう》もつかない。

下《した》のパネルにある説明文《せつめいぶん》にも、「タイトル：ひまわり畑《ばたけ》」とだけ書《か》いてある。

その下《した》に書《か》いてある画家《がか》さんの名前《なまえ》は、きいたことがないけど、もともとわたし、絵《え》にはくわしくないんだよね。

「響坊《ひびきぼっ》ちゃま、この絵《え》が気《き》に入《い》られたんですか？」

わたしは、響《ひびき》くんに声《こえ》をかける。

「うん。いいと思《おも》ってねぇ」

響《ひびき》くんが答《こた》える。

「さすが、お目《め》が高《たか》い！　すばらしい絵《え》でしょう！」

不意《ふい》に、うしろから声《こえ》がかかる。

おどろいてふり返《かえ》ると、茶色《ちゃいろ》いスーツ姿《すがた》の、中年《ちゅうねん》の細身《ほそみ》の男性《だんせい》が立《た》っていた。

「どちらさまですか？」

わたしは、響《ひびき》くんを背中《せなか》にかばうようにして、男性《だんせい》にたずねる。

「これは失礼《しつれい》をいたしました。画商《がしょう》の高木《たかぎ》と申《もう》します。ここの絵画《かいが》の販売《はんばい》も、させていただいております」

細身《ほそみ》の男性《だんせい》――高木《たかぎ》さんはあいさつをして、ていねいに頭《あたま》を下《さ》げる。

「ああ、そうなんだ。よろしく～」

響《ひびき》くんは、かるい調子《ちょうし》でこたえる。

いかにも、大人《おとな》から丁重《ていちょう》にされることに慣《な》れている、上流階級《じょうりゅうかいきゅう》の子《こ》どもという感《かん》じだ。

「こちらの絵《え》は、新進気鋭《しんしんきえい》の画家《がか》の新作《しんさく》でして、今《いま》、アメリカやフランスなど、海外《かいがい》からも注目《ちゅうもく》が集《あつ》まっているんです」

「へえ～」

響《ひびき》くんは、興味《きょうみ》があるともないとも、とれるような答《こた》えを返《かえ》す。

高木《たかぎ》さんは身《み》をのりだして、説明《せつめい》をつづける。

「じつのところ、今後《こんご》、国内《こくない》でこの画家《がか》の絵《え》は、手《て》に入《はい》らないかもしれません。画家本人《がかほんにん》と交渉《こうしょう》して、特別《とくべつ》にこちらで、あつかわせていただいたものなんですよ」

高木《たかぎ》さんは声《こえ》をひそめて、響《ひびき》くんに言《い》う。

「それで価値《かち》は、どれほどなんですか？」

わたしは、興奮《こうふん》気味《ぎみ》に語《かた》る高木《たかぎ》さんに、口《くち》をはさむ。

「わたしとしたことが、かんじんなことを、お伝《つた》えしていませんでした。……今《いま》なら、1000万円《まんえん》ほどで、おゆずりできます」

い、1000万《まん》!?

わたしは、心《こころ》の中《なか》でびっくりしつつも、表情《ひょうじょう》には出《だ》さないように、ぐっと我慢《がまん》する。

「へえ〜**1000万《まん》かぁ、安いなあ**」

響《ひびき》くんは、ひまわり畑《ばたけ》の絵画《かいが》に視線《しせん》をむける。

買《か》おうかどうしようか、となやんでいるように見《み》える。

「この画家《がか》の作品《さくひん》が、この値段《ねだん》で手《て》に入《はい》るのなんて、これが最後《さいご》かもしれません」

高木《たかぎ》さんは、すかさずつけくわえてくる。

「でも、響坊《ひびきぼっ》ちゃま。高《たか》すぎませんか？　やめておきましょう」

わたしは、響《ひびき》くんにいう。

「でも、朝永《あさなが》くぅん。1000万《まん》なら、ぼくのポケットマネーで買《か》えるし」

響《ひびき》くんは、なんでもないことのように答《こた》える。

その言葉《ことば》に、高木《たかぎ》さんの目《め》が、ギラリと光《ひか》った気《き》がした。

「ほかにも、ほしいという方《かた》がおられますので、むりにとは申《もう》しませんが」

高木《たかぎ》さんが、響《ひびき》くんとわたしの話《はなし》をきいて、言《い》ってくる。

さっきまで、ぐいぐいと押《お》していたかと思《おも》ったら、急《きゅう》に引《ひ》いてきた。

買《か》わせるために、わざとゆさぶってきてる？

そんなことを考《かんが》えていると、

「なら、やっぱり買《か》っちゃおうか。朝永《あさなが》くん、どうかな？」

響《ひびき》くんが、わたしに視線《しせん》をむけてくる。

そ、そうですね……って、ちょっと待《ま》ってよ、響《ひびき》くん！

本当《ほんとう》に買《か》うの⁉

内心《ないしん》でおどろきつつ、顔《かお》に出《だ》さないように、せいいっぱいに笑顔《えがお》をつくって、響《ひびき》くんにむける。

「響坊《ひびきぼっ》ちゃまが、そうおっしゃるなら」

わたしは、響《ひびき》くんの意見《いけん》にしたがいます、と頭《あたま》を下《さ》げる。

でも、1000万円《まんえん》なんて、どうするつもりなの、響《ひびき》くん？

2 のんびり坊《ぼっ》ちゃんと心配性《しんぱいしょう》の付《つ》き人《びと》

「ささっ！　それでは、こちらにどうぞ。ご契約《けいやく》をすすめましょう」

高木《たかぎ》さんは、すばやい動《うご》きで、わたしたちをホールの奥《おく》へ案内《あんない》する。

気《き》が変《か》わらないうちに、と思《おも》っているみたい。

それにしても響《ひびき》くん、1000万円《まんえん》なんて、どうするつもりなんだろう？

ききたいけど、潜入捜査中《せんにゅうそうさちゅう》は、いつもの調子《ちょうし》で話《はな》しかけない、と決《き》めてあるんだよね。

段取《だんど》りは基本《きほん》はアドリブで、響《ひびき》くんが話《はなし》をすすめることになってる。

だけど、それだけじゃあやしまれるから、相手《あいて》が言《い》ってくるだろう話《はなし》は、響《ひびき》くんがあらかじめ予測《よそく》をたてて、答《こた》えも考《かん》えてあるんだよね。

「この部屋《へや》でお待《ま》ちください。今《いま》、契約書《けいやくしょ》を持《も》ってきますので」

ホールの奥《おく》の個室《こしつ》に、響《ひびき》くんとわたしを通《とお》すと、高木《たかぎ》さんは部屋《へや》を出《で》ていく。

部屋《へや》の中《なか》は、8畳《じょう》ぐらいの広《ひろ》さ。

テーブルが中央《ちゅうおう》にあり、対面《たいめん》するように、黒光《くろびか》りする高《たか》そうな革張《かわば》りのソファが1つずつ。

響《ひびき》くんはソファにすわり、わたしはうしろで立《た》ったままでいる。

途中《とちゅう》で、女性《じょせい》のスタッフが、お茶《ちゃ》を持《も》ってきてくれた。
2、3分《ぷん》して、高木《たかぎ》さんがもどってきた。
「こちらが、契約書《けいやくしょ》になります」

高木《たかぎ》さんが、写《うつ》しが何枚《なんまい》もついた、**「絵画売買契約書《かいがばいばいけいやくしょ》」**と書《か》かれた紙《かみ》を、テーブルの上《うえ》におく。

「うん、サインするよ」

響《ひびき》くんは、契約書《けいやくしょ》を自分《じぶん》のほうに引《ひ》きよせると、サッとペンを持《も》つ。

そのすがたを、じーっと高木《たかぎ》さんが見《み》つめている。

ペンの先《さき》が、契約書《けいやくしょ》にふれるかどうか、というところで――

ピタッ

響《ひびき》くんが、手《て》を止《と》めた。

顔《かお》を上《あ》げて、高木《たかぎ》さんを見《み》る。

「あのさぁ、契約《けいやく》の前《まえ》に、もう一度《いちど》、絵《え》を見《み》せてもらってもいいかな?」

「え？　ええ……かまいませんが」

前《まえ》のめりになっていた高木《たかぎ》さんは、引《ひ》きつった笑《え》みをうかべて答《こた》える。

部屋《へや》の外《そと》のスタッフに指示《しじ》を出《だ》して、額縁入《がくぶちい》りの絵《え》を持《も》ってこさせる。

スタッフが、テーブルの上《うえ》に、絵画《かいが》を慎重《しんちょう》な手《て》つきでおいた。

近《ちか》くで見《み》ると、額縁《がくぶち》は、こまかな模様《もよう》がほられていて、とても豪華《ごうか》そう。

最初《さいしょ》見《み》た印象《いんしょう》とちがわない。

……それにくらべて、絵画《かいが》のほうは、よく見《み》ると、その額縁《がくぶち》に負《ま》けているような気《き》がする。

絵画《かいが》の素人《しろうと》のわたしの感想《かんそう》だから、自信《じしん》があるわけじゃないけど。

この絵《え》、１０００万円《まんえん》の価値《かち》があるようには、見《み》えないよ。

「なるほど。たしかにいい絵《え》だね」

だけど、響《ひびき》くんは絵《え》を見《み》て、うなずく。

ええっ、この絵《え》、本当《ほんとう》にいいの⁉

「そうでしょう！　さすが見《み》る目《め》がおありですね」

「でも……このあたりですが、まるで印刷《いんさつ》のようではありませんか？」

わたしは、絵画《かいが》の右側《みぎがわ》を指《ゆび》さして、高木《たかぎ》さんに言《い》う。

「それだけ、すばらしい技術《ぎじゅつ》ということですよ」

高木《たかぎ》さんは、すまして返《かえ》してくる。

「ずいぶん、キャンバスが安《やす》っぽいような……」

「光《ひかり》の加減《かげん》です。額縁《がくぶち》越《ご》しに、ご覧《らん》になっているせいでしょう」

むむむぅ……。

響《ひびき》くんから、こんなふうに探《さぐ》りを入《い》れろって指示《しじ》されてたけど……難《なん》なくかわされてしまった。

わたしは言葉《ことば》につまる。

「なら、額縁《がくぶち》からはずして、直接《ちょくせつ》、見《み》せてもらえばいいじゃないか。ねえ、朝永《あさなが》くぅん」

響《ひびき》くんが、いいことを思《おも》いついた、という無邪気《むじゃき》な表情《ひょうじょう》で、提案《ていあん》する。

「そうですね、響坊《ひびきぼっ》ちゃま。そういたしましょう」

「い、いや……それは……」

高木《たかぎ》さんの目《め》が泳《およ》ぐ。

「どうせ買《か》うのだから、問題《もんだい》はないでしょう？」

わたしは、たたみかけるように、高木《たかぎ》さんにせまる。

「それは、そうですが……」

「ほら、スタッフ。額縁《がくぶち》から出《だ》してよ」

響《ひびき》くんが、壁際《かべぎわ》で待機《たいき》していた、スタッフの男性《だんせい》に声《こえ》をかける。

スタッフの男性《だんせい》は、高木《たかぎ》さんを見《み》て、どうしようかと、目《め》でおうかがいをたてている。

「絵画《かいが》を、額縁《がくぶち》から出《だ》しなさい」

高木《たかぎ》さんは、しかたがないという顔《かお》で、スタッフに指示《しじ》を出《だ》す。

……ん？

わたしは、首《くび》をひねる。

額縁《がくぶち》から出《だ》してみると、やっぱりどう見《み》ても、安《やす》っぽく見《み》えるような……。

「額縁《がくぶち》から出《だ》すと、ずいぶんと貧相《ひんそう》な絵《え》に見《み》えませんか」

わたしは、ちょっとためらいつつも、感《かん》じたことをそのまま、口《くち》にする。

いつもなら、言《い》わないんだけど、今《いま》はそういうことも言《い》う役《やく》を演《えん》じてるしね。

「そうですか？　すばらしい絵《え》だと思《おも》いますが」

高木《たかぎ》さんは、すまし顔《がお》で答《こた》える。

「響坊《ひびきぼっ》ちゃま。この絵《え》が１０００万円《まんえん》とは、やはり高《たか》すぎる気《き》がいたします」

わたしは、響《ひびき》くんに直接《ちょくせつ》うったえる。

「ん〜、どうなのかなぁ？」

響《ひびき》くんは、どっちつかずな表情《ひょうじょう》で、首《くび》をかしげる。

「そんなにおうたがいになるのでしたら、こちらに鑑定書《かんていしょ》がございます」

高木《たかぎ》さんがニヤリと笑《わら》って、「鑑定書《かんていしょ》」と書《か》かれた紙《かみ》を、テーブルにおく。

そこには、この絵《え》が本物《ほんもの》であり、評価価値《ひょうかかち》として1000万円《まんえん》以上《いじょう》、と書《か》かれている。

でも、ちょっと待《ま》って。

絵画《かいが》の鑑定書《かんていしょ》に、わざわざ評価価値《ひょうかかち》なんて、書《か》くのかな？

鑑定書《かんていしょ》は本物《ほんもの》かどうかを、保証《ほしょう》してくれるもののはずだよ。

やっぱり、おかしいよ。

「たしかに、そう書《か》いてあるね。やっぱり、価値《かち》があるってことじゃないかな」

響《ひびき》くんは、鑑定書《かんていしょ》を読《よ》んで、うんうんとうなずいている。

「いいえ、響坊《ひびきぼっ》ちゃま。かんたんには信《しん》じられません。こちらが用意《ようい》する、鑑定家《かんていか》に依頼《いらい》して、価値《かち》を判断《はんだん》いたしましょう」

わたしは、シナリオ通《どお》り、響《ひびき》くんにむけ、提案《ていあん》する。

それをきいて、顔色《かおいろ》を変《か》えたのは、高木《たかぎ》さんだ。

「いえ！　それはこまります！」

身《み》をのりだして、あわてたように言《い》う。

「なぜ、こまるのです？」

「絵画《かいが》は非常《ひじょう》にデリケートなものですから、かんたんによそに持《も》ち出《だ》すようなことは……」

「持《も》ち出《だ》さなくても、こちらに鑑定家《かんていか》をつれてくれば、いいのでは？」

「そうですが……」

わたしの、立《た》てつづけの質問《しつもん》に、高木《たかぎ》さんは言葉《ことば》をつまらせる。

「それなら……」

わたしが言《い》いかけたとき、

ガチャ

高木《たかぎ》さんの、うしろのドアが開《ひら》く。

「なにを騒《さわ》いでいる？」

低《ひく》い、不機嫌《ふきげん》そうな声《こえ》がする。

声《こえ》といっしょに入《はい》ってきたのは、小太《こぶと》りな老年《ろうねん》の男《おとこ》の人《ひと》だ。

丸《まる》い顔《かお》をしているけど、しかめっ面《つら》で、機嫌《きげん》の悪《わる》さをかくそうともしていない。

「柿崎《かきざき》オーナー。このお客様《きゃくさま》が、鑑定家《かんていか》をよびたいと……」

高木《たかぎ》さんが、おそるおそるといった様子《ようす》で、報告《ほうこく》する。

この老年《ろうねん》の男《おとこ》の人《ひと》が、オーナー。

つまり、このイベントホールで、一番《いちばん》えらい人《ひと》。

「ほう……」

柿崎《かきざき》オーナーが目《め》をほそめて、ソファにすわっている響《ひびき》くんを見《み》る。

「こう言《い》ってはなんですが、それはあなたの経験《けいけん》が浅《あさ》いからではないですかな。今《いま》から絵画《かいが》を見《み》る目《め》を養《やしな》うためにも、この絵画《かいが》を買《か》って、部屋《へや》にかざるといい」

柿崎《かきざき》オーナーは、子《こ》ども相手《あいて》だとばかりに、上《うえ》から目線《めせん》で言《い》う。

「それは、そうかもしれない……」

響《ひびき》くんは自信《じしん》なげに、目《め》をふせている。

でも、わたしは、だまってはいられない。

「こちらは買《か》うと言《い》っているのです。鑑定《かんてい》するぐらい、かまわないでしょう」

わたしは、柿崎《かきざき》オーナーをまっすぐに見《み》る。

「この絵《え》に、1000万円《まんえん》の価値《かち》があるとは、思《おも》えません」

「それは、おまえの目《め》が節穴《ふしあな》だからだ。付《つ》き人《びと》ふぜいに、なにがわかる？　この絵《え》には1000万円《まんえん》の価値《かち》があるのだ！」

これじゃあ、話《はなし》がぜんぜんつかない。

どうしたら……。

カタン

そのとき、不意《ふい》に響《ひびき》くんが、ソファから立《た》ちあがった。

さっきまでの、どこかグニャッとした姿勢《しせい》じゃない。

いつもの、ピンと背《せ》すじの伸《の》びた、響《ひびき》くんらしい立《た》ちすがただ。

一瞬《いっしゅん》のことに、柿崎《かきざき》オーナーと高木《たかぎ》さんが、響《ひびき》くんに目《め》をうばわれる。

「……**その言葉をきけて、安心しました**」

響《ひびき》くんの口調《くちょう》が変《か》わる。

ううん！　変《か》わったんじゃなくて、もどった、かな。

いつもの響《ひびき》くんに。

響《ひびき》くんは顔《かお》を上《あ》げ、まっすぐに柿崎《かきざき》オーナーと高木《たかぎ》さんを、見《み》る。

その視線《しせん》に、射《い》すくめられたように、２人《ふたり》はとまどった表情《ひょうじょう》をうかべる。

「画商《がしょう》とオーナー。そのどちらにも、客《きゃく》をだます意思《いし》がある。偽《にせ》の鑑定書《かんていしょ》まで用意《ようい》している。もう言《い》いのがれはできない」

響《ひびき》くんは、強《つよ》い口調《くちょう》で言《い》った。

それから、わたしをふり返《かえ》って、いつものやさしい笑《え》みをうかべる。

「咲希《さき》さん、撮《と》れてますか？」

わたしは、肩《かた》からかけたバッグを確認《かくにん》する。

そこには、ビデオカメラがしこんであるんだ。

ここまでのやりとりは、ずーっと録画録音《ろくがろくおん》してあったの。

「ばっちりだよ！」

わたしは、ちゃんとビデオカメラが、動《うご》いていたことを確認《かくにん》して、響《ひびき》くんに答《こた》える。

「きさまら、なにものだ！」

わたしたちのやりとりに、警戒《けいかい》した様子《ようす》で、柿崎《かきざき》オーナーが怒鳴《どな》る。

「こちらも、ウソをついていました。じつは、ぼくたちは――**探偵です**」

響《ひびき》くんは、一切動《いっさいどう》じた様子《ようす》もなく、柿崎《かきざき》オーナーに答《こた》える。

「探偵《たんてい》？」

響《ひびき》くんの答《こた》えに、柿崎《かきざき》オーナーと高木《たかぎ》さんは、きょとんとした顔《かお》をする。

それから、すぐに大口《おおぐち》を開《あ》けて、笑《わら》いだす。

「ハハハッ！　バカが。こんな子《こ》どもが探偵《たんてい》なわけあるか！」

柿崎《かきざき》オーナーが、笑《わら》い飛《と》ばす。

「子《こ》どもの遊《あそ》びのつもりかもしれないが、そのカメラは、おいていってもらおうか」

高木《たかぎ》さんは、じりじりとこちらに、わたしに近《ちか》づこうとする。

「そういうわけには、いきません。あなたがたは、ここで、つかまるんですから」

響《ひびき》くんは、わたしをかばうように立《た》つ。

「なんの権限《けんげん》があって、そんなことが言《い》える！　とっとと、こいつらをつかまえろ!!」

柿崎《かきざき》オーナーは、スタッフに指示《しじ》を出《だ》す。

その言葉《ことば》に、わたしはバッグを抱《かか》えるようにして、身《み》がまえた。

だけど、響《ひびき》くんはゆうゆうとして、

「そろそろですね」

と、つぶやいた。

……え？

わたしがきき返《かえ》す前《まえ》に、答《こた》えはわかった。


バンッ！


わたしたちが入《はい》ってきた、イベントホールとつながるドアが、いきおいよく開《ひら》く。

今度《こんど》はなに⁉

わたしはおどろいて、ドアのほうに視線《しせん》をむける。

「柿崎《かきざき》、あなたのほうこそ、なんの権限《けんげん》があって、こんなことをしているのかしら？」

そう言《い》って、ドアの前《まえ》に立《た》っているのは、見《み》たことのない若《わか》い女《おんな》の人《ひと》だった。

3

響《ひびき》くんの「特別《とくべつ》な人《ひと》」？

あらわれた女《おんな》の人《ひと》は、白《しろ》いドレス姿《すがた》だった。

思《おも》わず注目《ちゅうもく》してしまうような、凛《りん》とした気配《けはい》を、身《み》にまとっていた。

髪《かみ》は長《なが》くて、気品《きひん》の感《かん》じられるかなりの美人《びじん》。

最初《さいしょ》は20歳《さい》以上《いじょう》かと思《おも》ったけど、それは大人《おとな》びた雰囲気《ふんいき》のせいだったみたい。

大学生《だいがくせい》？　……もしかしたら、高校生《こうこうせい》だったりするのかも。

この女《おんな》の人《ひと》は、だれなんだろう？

こんなの、響《ひびき》くんとの打《う》ち合《あ》わせになかったよ！

響《ひびき》くんを見《み》る。

響《ひびき》くんは、ぜんぜんおどろいた様子《ようす》がないから、計算済《けいさんず》みだったらしい。

でも、おどろいたのは、わたしばかりではなかったみたい。

目《め》の前《まえ》で、うろたえている2人《ふたり》がいる。

「なんだ、おまえは！　ここは勝手《かって》に入《はい》ってきていい場所《ばしょ》じゃないぞ！」

高木《たかぎ》さんが、女《おんな》の人《ひと》にむけてどなる。

柿崎《かきざき》オーナーも、同《おな》じようにするだろうと思《おも》っていたんだけど……。

「ばかもの！　おまえごときが、そんな口《くち》のきき方《かた》をするな！」

高木《たかぎ》さんのほうを、強《つよ》くしかりつけている。

「え、えっ？　な、なぜ……」

高木《たかぎ》さんは、どうしてしかられたのか、わからないらしい。

わたしにも、さっぱり。

柿崎《かきざき》オーナーは、そんな高木《たかぎ》さんにはかまわずに、若《わか》い女《おんな》の人《ひと》のほうをむく。

しかも、はじめて見《み》る、かしこまった態度《たいど》で、落《お》ちつかない様子《ようす》だ。

「こ、琴音《ことね》お嬢様《じょうさま》、どうしてこちらに？」

この人《ひと》、どこかのお嬢様《じょうさま》？

だけど、それだけであの傲岸不遜《ごうがんふそん》な柿崎《かきざき》オーナーが、ここまでかしこまるの……？

「そうね。できれば、ここにきたくはなかったけれど……」

若《わか》い女《おんな》の人《ひと》——琴音《ことね》さんはそう言《い》って、テーブルにおかれた絵画《かいが》を見《み》る。

「……こんなことに、なっていてはね」

「こ、これは、正式《せいしき》な絵画《かいが》の売買《ばいばい》でして……」

ひたいから汗《あせ》を流《なが》しながら、柿崎《かきざき》オーナーが、言《い》い訳《わけ》する。

「いいえ。さっきまでの一部始終《いちぶしじゅう》は、この白里探偵《しらさとたんてい》から送《おく》られてきた映像《えいぞう》と音声《おんせい》で知《し》ってるわ」

ええええっ⁉

映像《えいぞう》と音声《おんせい》って……このわたしのバッグの中《なか》の、ビデオカメラのこと？

リアルタイムで、この琴音《ことね》さんのところに、配信《はいしん》されてたの？

琴音《ことね》さんは、おどろくわたしのほうをむくと、一瞬《いっしゅん》だけほほえむ。

「ありがとう」

口《くち》がそう動《うご》いたように見《み》える。

だけど、それもすぐに、キリッとしたものに変《か》わると、琴音《ことね》さんは柿崎《かきざき》オーナーをにらむ。

「花里《はなさと》グループの末席《まっせき》に名《な》をつらねるものが、このような行為《こうい》を……恥《はじ》を知《し》りなさい！」

琴音《ことね》さんが、柿崎《かきざき》オーナーを一喝《いっかつ》する。

花里《はなさと》グループ？

それって。もしかして……。

わたしは、記憶《きおく》をたどろうとしたけど、そうしている時間《じかん》はないみたい。

「く、くそっ！　もうかまわん！　お嬢様《じょうさま》ごと、つかまえてしまえ！」

柿崎《かきざき》オーナーが、スタッフにあらためて、指示《しじ》を出《だ》す。

がっちりとした体《からだ》をした、2人《ふたり》の男《おとこ》のスタッフが、琴音《ことね》さんにせまっていく。

あぶないっ！

わたしが思《おも》うより先《さき》に、響《ひびき》くんが、サッと、琴音《ことね》さんの前《まえ》に立《た》ちはだかった。

「ガキ、邪魔《じゃま》だ！」

スタッフの1人《ひとり》が、響《ひびき》くんをはらいのけようと、腕《うで》をのばす。

響《ひびき》くんは、それをすばやくよけ、その腕《うで》をとったかと思《おも》うと、

「うおっ!」

流《なが》れるような動《うご》きで、体勢《たいせい》を前《まえ》のめりにくずした男《おとこ》の腕《うで》を逆手《さかて》にし、床《ゆか》に組《く》みふせる。

「いててててっ!」

悲鳴《ひめい》をあげる、スタッフの男《おとこ》。

「このっ!」

もう1人《ひとり》のスタッフが、飛《と》びかかってくる。

響《ひびき》くんは、冷静《れいせい》に半身《はんみ》になって、男《おとこ》の腕《うで》をかわすと、襟《えり》をつかんで足《あし》をひっかける。

ぐるんと、男《おとこ》の体《からだ》が一回転《かいてん》する。

柔道《じゅうどう》の『内《うち》また』だ。

「ぐはっ!」

きれいに決《き》まって、男《おとこ》は背中《せなか》から床《ゆか》に、たたきつけられる。

「な、なんなんだ、おまえは……」

柿崎《かきざき》オーナーは、ペタンと床《ゆか》にしりもちをついて、目《め》を見開《みひら》いて、響《ひびき》くんを見《み》つめている。

「さっき答《こた》えました。探偵《たんてい》だと」

響《ひびき》くんは、柿崎《かきざき》オーナーに答《こた》えると、琴音《ことね》さんのほうにむきなおった。

「琴音《ことね》さん！　自分《じぶん》から犯罪者《はんざいしゃ》の目《め》の前《まえ》に立《た》つなんて、無茶《むちゃ》をしないでください」

響《ひびき》くんにはめずらしく、少《すこ》しあわてた様子《ようす》で、話《はな》しかける。

「あら。だって、響《ひびき》くんが守《まも》ってくれるでしょう？」

もしかして、2人《ふたり》は知《し》り合《あ》い？

しかも、ちょっとした会話《かいわ》からも、とても親《した》しげな雰囲気《ふんいき》を感《かん》じる。

「まったく……！　いつでもぼくが完璧《かんぺき》に守《まも》れると、買《か》いかぶらないでください」

「響《ひびき》くんはいつも完璧《かんぺき》よ。わたしはしってるわ」

それでも琴音《ことね》さんは、表情《ひょうじょう》をくずさない。

「……琴音《ことね》さんには、かなわないな」

響《ひびき》くんは、ため息《いき》をついてほほえんだ。

いつもクールで落《お》ちついている響《ひびき》くんが、こんなに親《した》しげな表情《ひょうじょう》を見《み》せるなんて、めずらしい。

七音《なお》ちゃんや静乃《しずの》さんとは、またちがう、特別《とくべつ》な存在《そんざい》なのかな。

……なんだろう、この気持《きも》ち。

胸《むね》がちょっとチクンとする。

そのとき、

「おとなしくしろ！」

警察官《けいさつかん》たちが部屋《へや》の中《なか》に、入《はい》ってきた。

「ち、ちがう！　われわれは関係《かんけい》ないっ！」

柿崎《かきざき》オーナーと高木《たかぎ》さんは、まださけんでいたけど、警察官《けいさつかん》は手錠《てじょう》をかけて逮捕《たいほ》する。

あっという間《ま》に、柿崎《かきざき》オーナーと高木《たかぎ》さんが連行《れんこう》されていく。

それを見《み》て、わたしはやっと肩《かた》の力《ちから》がぬけた。

……………はああぁぁぁぁ…………。

「咲希《さき》さん、おつかれさまでした」

響《ひびき》くんが、ねぎらってくれる。

「響《ひびき》くんも、おつかれさま」

本当《ほんとう》に、今回《こんかい》は、気《き》をはりっぱなしだったよ。

演技《えんぎ》なんて、はじめてしたし。

そうそう。

今回《こんかい》、なんでわたしと響《ひびき》くんが演技《えんぎ》していたか。まだ話《はな》してなかったよね。

それは、今回《こんかい》は潜入捜査《せんにゅうそうさ》だったから。

静乃《しずの》さんの情報《じょうほう》で、ここで、お金持《かねも》ちを相手《あいて》にした、詐欺《さぎ》が行《おこな》われていることがわかったんだ。

価値《かち》のない絵画《かいが》を、価値《かち》があるかのように思《おも》わせて、高値《たかね》で売《う》りつけるっていう詐欺《さぎ》。

何人《なんにん》もの人《ひと》がだまされていたけど、お金持《かねも》ちの人《ひと》は、自分《じぶん》がだまされたってことを知《し》られたくないのか、なかなか警察《けいさつ》の捜査《そうさ》もすすんでいなかったみたい。

そこで響《ひびき》くんとわたしは、御曹司《おんぞうし》とその付《つ》き人《びと》というフリで、お客《きゃく》として参加《さんか》したの。

もし、詐欺《さぎ》をしかけられたら、その一部始終《いちぶしじゅう》を記録《きろく》すれば、証拠《しょうこ》として追《お》いつめられるしね。

「付《つ》き人《びと》の演技《えんぎ》、うまかったですよ」

「ほんとに？　演技《えんぎ》なんてしたことがないから、自分《じぶん》は本当《ほんとう》に響《ひびき》くんの付《つ》き人《びと》なんだって、思《おも》いこむことにしたんだよ」

「他人《たにん》のフリをする」なんて気《き》でいると、絶対《ぜったい》に失敗《しっぱい》しそうだったし。

それに、響《ひびき》くんの演技《えんぎ》がすごくて、それにのせられたっていうのも大《おお》きいかも。

「響《ひびき》くんって、演技《えんぎ》の勉強《べんきょう》とかもしてるの？」

「演技《えんぎ》というより、変装《へんそう》ですね。源馬《げんま》さんに教《おそ》わりました」

なるほど！　それなら納得《なっとく》だよ。

イベントホールは、急《きゅう》な警察《けいさつ》の登場《とうじょう》に、だいぶざわついていた。

不安《ふあん》げに警察《けいさつ》からの説明《せつめい》を受《う》けて、大《おお》きな声《こえ》をあげる人《ひと》もいる。

詐欺《さぎ》の被害者《ひがいしゃ》か、または関係者《かんけいしゃ》の場合《ばあい》もあるから、帰《かえ》ることもできずに、多《おお》くの人《ひと》がホールにとどまっていた。

琴音《ことね》さんは、あわてたようすであとからあらわれた、お付《つ》きの人《ひと》らしき執事服《しつじふく》をきた紳士《しんし》と、スーツ姿《すがた》の女性《じょせい》につきそわれて、先《さき》に警察《けいさつ》に話《はなし》をしにいった。

「はあ……もう2人《ふたり》とも、こまかいのだから」

琴音《ことね》さんが、うんざりとした顔《かお》をして、こちらにやってくる。

「どうかしたんですか?」

「さっきの2人《ふたり》に、ちょっとね」

響《ひびき》くんの質問《しつもん》に、琴音《ことね》さんは、言葉《ことば》をにごす。

どうやら、お付《つ》きの2人《ふたり》に、小言《こごと》をだいぶ言《い》われたらしい。

「それより、響《ひびき》くんから急《きゅう》に連絡《れんらく》がくるから、びっくりしたわ」

琴音《ことね》さんが、言《い》う。

「調《しら》べてみたところ、事件《じけん》にかかわっている可能性《かのうせい》のあるオーナーが、花里《はなさと》グループの関連会社《かんれんがいしゃ》の役員《やくいん》だったようなので、琴音《ことね》さんに連絡《れんらく》をいれておいたほうがいいと思《おも》ったんです」

「ええ、助《たす》かったわ」

2人《ふたり》の会話《かいわ》に入《はい》れないわたしは、どうしようかと思《おも》いつつも、思《おも》いきって会話《かいわ》に入《はい》ってみる。

「あ、あの……」

わたしの声《こえ》に、響《ひびき》くんと琴音《ことね》さんが、こちらを見《み》る。

うっ……。

2人《ふたり》の雰囲気《ふんいき》に、言《い》おうとしていた言葉《ことば》がつまる。

「ああ、咲希《さき》さん。すみません。紹介《しょうかい》していませんでしたね。こちらは、ぼくの幼《おさな》なじみの、花《はな》里琴音《さとことね》さんです」

響《ひびき》くんが、すぐに気《き》づいて、琴音《ことね》さんを紹介《しょうかい》してくれる。

「ごあいさつがおくれました。花里琴音《はなさとことね》です。響《ひびき》くんには、お世話《せわ》になっているの」

「朝永咲希《あさながさき》です。あの、花里《はなさと》って、もしかして……」

わたしは、さっき思《おも》いだしかけた記憶《きおく》を、完全《かんぜん》に引《ひ》っぱりだしていた。

花里《はなさと》グループ。そして、その「お嬢様《じょうさま》」といえば……可能性《かのうせい》は限《かぎ》られるよね。

「はい。花里《はなさと》グループの会長《かいちょう》の、お孫《まご》さんです」

「やっぱり！」

思《おも》わず、大《おお》きな声《こえ》が出《で》てしまう。

だって、あの花里《はなさと》グループだよ！

車《くるま》やパソコン、食品《しょくひん》など、あらゆる分野《ぶんや》で製品開発《せいひんかいはつ》や、輸出入《ゆしゅつにゅう》を行《おこな》っている世界的《せかいてき》な企業《きぎょう》グループ。世界中《せかいじゅう》の経済《けいざい》に影響力《えいきょうりょく》があって、会長《かいちょう》が『会《あ》いたい』って言《い》えば、国《くに》の重要人物《じゅうようじんぶつ》でも、会《あ》ってくれるっていうウワサもある。

そんなところのお嬢様《じょうさま》が、目《め》の前《まえ》にいるなんて……。

しかも、響《ひびき》くんの幼《おさな》なじみだっていうし。

「あんまり、かしこまらないでね。それにわたしより、あなたのほうがすごいと思《おも》うわ」

「え、なんでですか？」

どう考《かんが》えても、わたしはふつうの家《いえ》の子《こ》だし、比較《ひかく》しようがないはずなんだけど……。

「だって、この響《ひびき》くんの助手《じょしゅ》なんでしょう？　花里《はなさと》グループ会長《かいちょう》の孫《まご》には、この家《いえ》に生《う》まれれば、だれだってなれるけど、響《ひびき》くんの助手《じょしゅ》には、なろうとしてもなれないかもしれないもの」

琴音《ことね》さんは、当然《とうぜん》とばかりに言《い》う。

「それは……」

わたしは、謙遜《けんそん》していいものかどうか、こまってしまう。

だって、響《ひびき》くんの助手《じょしゅ》であることは、わたしにとっても、誇《ほこ》りに思《おも》ってることだもん。

かんたんに「たいしたことない」とは、言《い》いたくない。

「琴音《ことね》さん。咲希《さき》さんを、こまらせないでください」

わたしが答《こた》えにこまっているのを見《み》て、響《ひびき》くんが助《たす》けてくれる。

「ふふふっ。ごめんなさい。ついお話《はな》しできるのが、楽《たの》しくって」

琴音《ことね》さんは、口《くち》もとをおさえて、上品《じょうひん》に笑《わら》う。

「そういえば、咲希《さき》ってよんでいいかしら。同《おな》い年《どし》ぐらいよね？」

「高校《こうこう》1年《ねん》ですけど」

「わたしは、高校《こうこう》2年《ねん》だから、1つ上《うえ》ね」

琴音《ことね》さんは、うれしそうに笑《わら》う。

やっぱり、そんなに年《とし》が変《か》わらないんだ。

それなのに、すごく大人《おとな》っぽい……。

「同《おな》じ学校《がっこう》の先輩後輩《せんぱいこうはい》でもないんだし、あなたにも、琴音《ことね》とよんでもらえるとうれしいわ」

ええええっ!?

「いや、でも……よびすてって……」

さすがに言《い》いづらいよ。

だって、相手《あいて》は花里《はなさと》グループの、文句《もんく》なしのお嬢様《じょうさま》なのに。

わたしがこまっていると、琴音《ことね》さんはシュンとした表情《ひょうじょう》をする。

「やっぱり、むずかしい？　みんな、わたしのこと『お嬢様《じょうさま》』としかよんでくれないの。なんだか、距離《きょり》をおかれているみたいで、さびしくって。名前《なまえ》でよんでくれるのは、幼《おさな》いときから付《つ》き合《あ》いのある、響《ひびき》くんぐらいだもの」

そっか……。お嬢様《じょうさま》も、いろいろ大変《たいへん》なんだ。

わたしにとって、同《おな》い年《どし》の友達《ともだち》がいるのは、ふつうのこと。

だけど、琴音《ことね》さんにとっては、ふつうじゃないんだ。

そういうことなら……。

わたしは心《こころ》を決《き》める。

「こ、琴音《ことね》……」

よびなれなくて、声《こえ》がふるえそうになってしまう。

琴音《ことね》は、びっくりしたように目《め》を大《おお》きくすると、満面《まんめん》の笑《え》みをうかべる。

「うん、咲希《さき》」

名前《なまえ》をよびあっただけなのに、琴音《ことね》はすごくうれしそう。

そんな琴音《ことね》とわたしを、響《ひびき》くんもおだやかな目《め》で、見《み》つめてる。

響《ひびき》くんは、琴音《ことね》がなやんでいたのを、気《き》づいていたのかも。

「琴音《ことね》お嬢様《じょうさま》、そろそろ……」

お付《つ》きの女《おんな》の人《ひと》が、琴音《ことね》をよびにくる。

「もう少《すこ》しお話《はな》ししていたいけど、そろそろ行《い》かなくちゃ」

琴音《ことね》は、なごり惜《お》しそうに、響《ひびき》くんとわたしを見《み》る。

「また会《あ》いましょう、咲希《さき》。今度《こんど》はゆっくりと、お茶《ちゃ》でもしながら、お話《はな》ししたいわ」

「はい、きっと」

「また、連絡《れんらく》します、琴音《ことね》さん」

響《ひびき》くんもあいさつし、琴音《ことね》がはなれていく。

まだ、まわりはざわついているけど、それでも、だいぶ人《ひと》がへってきた。

「さっきは言《い》いそびれたけど、響《ひびき》くん。琴音《ことね》がくるなら、言《い》っておいてくれれば、よかったのに。

いきなりドアを開《あ》けて、琴音《ことね》が入《はい》ってきたときは、びっくりしたよ」

「でも、前《まえ》もって知《し》っていたら、咲希《さき》さんはそちらに気《き》をとられたでしょう？」

響《ひびき》くんは、わたしのことを見《み》すかしたように見《み》る。

「うっ……たしかに」

琴音《ことね》のことをきいてたら、気《き》になって、目《め》の前《まえ》の詐欺事件《さぎじけん》に集中《しゅうちゅう》できていたか、あやしいかも。

「うーん、やっぱり、響《ひびき》くんにはかなわないなぁ」

すっかり見《み》すかされているけど、響《ひびき》くん相手《あいて》だと、悪《わる》い気分《きぶん》はまったくしない。

それにしても、琴音《ことね》とはまた会《あ》えるかな。

そのとき、刑事《けいじ》さんたちがやってきた。

「おまたせいたしました。お２人《ふたり》にも、お話《はなし》をうかがえますか」

「行《い》きましょう、咲希《さき》さん」

「うん」

わたしはうなずくと、琴音《ことね》が去《さ》った出入《でい》り口《ぐち》のほうに、目《め》をむける。

相手《あいて》は、あんなすごいお嬢様《じょうさま》だもん。

そうそう会《あ》う機会《きかい》もないか……。

そんなことを考《かんが》えながら、響《ひびき》くんとわたしは、警察《けいさつ》に事情《じじょう》を話《はな》しにむかった。

4 わたしの知《し》らない響《ひびき》くん

放課後《ほうかご》を知《し》らせる、チャイムがなる。

わたしは勉強道具《べんきょうどうぐ》を片《かた》づけて、バッグにしまう。

「それじゃあ、また明日《あした》」

わたしは、クラスメイトにあいさつして、教室《きょうしつ》を出《で》る。

くつ箱《ばこ》の前《まえ》でくつにはきかえていると、ふと違和感《いわかん》があって、顔《かお》をあげる。

校門《こうもん》のあたりが、ざわついている。

なんだろう？　なにかあったのかな？

生徒《せいと》が校門《こうもん》のあたりを気《き》にして、足《あし》を止《と》めたり、遠巻《とおま》きに見《み》たりしてる。

「咲希《さき》、こんなところにいたの！　もう見《み》た!?」

ふり返《かえ》ると、そこには友達《ともだち》の愛美《まなみ》が立《た》っていた。部活《ぶかつ》に行《い》くところなのか、ジャージ姿《すがた》だ。

「見《み》たって、なにを？　なにかあったの？」

「べつに、事件《じけん》や事故《じこ》があったわけじゃないよ。すっごい美人《びじん》がいるの、校門《こうもん》のところに」

「美人《びじん》？」

わたしは、首《くび》をかしげる。

それだけで、あのさわぎになるの？

「他校生《たこうせい》らしいんだけど、なんていうのかな……こう、ふつうの美人《びじん》っていうんじゃなくて、近《ちか》寄《よ》りがたい、お嬢様《じょうさま》っぽい感《かん》じなんだよね」

その愛美《まなみ》の説明《せつめい》に、ふと頭《あたま》の中《なか》に思《おも》いうかぶ。

もしかして！

わたしは愛美《まなみ》に別《わか》れをつげて、あわてて校門近《こうもんちか》くにむかう。

人《ひと》をかきわけていくと、そこにいたのは……。

「やっぱり、琴音《ことね》!?」

制服姿《せいふくすがた》の琴音《ことね》が、校門近《こうもんちか》くに立《た》っていた。

わたしに気《き》づくと、にこやかな笑顔《えがお》で、手《て》をふってくる。

それだけで、まわりの生徒《せいと》がざわめき、琴音《ことね》の視線《しせん》の先《さき》のわたしにも、注目《ちゅうもく》が集《あつ》まる。

ううう……この中《なか》に、出《で》ていくの……？

ためらいつつも近《ちか》づいていくと、琴音《ことね》は、

「会《あ》えてよかったわ、咲希《さき》。待《ま》ってたの」

「急《きゅう》にどうしたの、琴音《ことね》」

みんなの視線《しせん》を気《き》にしないようにと、頭《あたま》から追《お》いはらいつつ、琴音《ことね》にたずねる。

「響《ひびき》くんのところに用《よう》があるの。助手《じょしゅ》の咲希《さき》にもいっしょに聞《き》いてほしくて、むかえにきたわ」

「響《ひびき》くんのところには、ちょうど行《い》くところだったけど……」

「なら、よかった。こっちよ」

琴音《ことね》が、わたしの手《て》をにぎる。

「えっ、琴音《ことね》!?」

琴音《ことね》に手《て》を引《ひ》かれ、わたしは校門《こうもん》からはなれる。

琴音《ことね》は、駅《えき》とは反対方向《はんたいほうこう》に、歩《ある》いていく。

どこに行《い》くんだろう？

そう思《おも》っていたら、すぐに目的《もくてき》の場所《ばしょ》はわかった。

学校《がっこう》から少《すこ》しはなれた通《とお》りに、大《おお》きな黒塗《くろぬ》りの高級車《こうきゅうしゃ》が止《と》められている。

このあたりに、こんな車《くるま》が止《と》まっているのは見《み》たことがないから、琴音《ことね》の関係《かんけい》だよね。

琴音《ことね》が近《ちか》づいていくと、運転席《うんてんせき》のドアが開《ひら》き、この間《あいだ》の執事服《しつじふく》の男《おとこ》の人《ひと》が姿《すがた》を見《み》せた。

執事服《しつじふく》の男《おとこ》の人《ひと》が、うやうやしく後部座席《こうぶざせき》のドアを開《あ》けて、頭《あたま》を下《さ》げる。

「さあ、どうぞ。乗《の》って」

車《くるま》の中《なか》をのぞくと、思《おも》った以上《いじょう》に中《なか》は広《ひろ》かった。

後部座席《こうぶざせき》は、イスがむかい合《あ》うようになっていて、テーブルが中央《ちゅうおう》にあり、小《ちい》さな冷蔵庫《れいぞうこ》らしきものも見《み》える。

本当《ほんとう》に車《くるま》の中《なか》？　と思《おも》っちゃったぐらい豪華《ごうか》で、広々《ひろびろ》としてる。

……あれ？

車《くるま》に乗《の》りこもうとして、後部座席《こうぶざせき》の窓《まど》ぎわに、すわっている人《ひと》がいることに気《き》づく。

乗《の》る前《まえ》は、死角《しかく》になって気《き》づかなかったみたい。

年《とし》は中学生《ちゅうがくせい》ぐらいかな？

肩《かた》より少《すこ》し長《なが》いぐらいの髪《かみ》に、目鼻《めはな》だちがはっきりした女《おんな》の子《こ》だ。

でも、なにより気《き》になったのは、その頭《あたま》にまかれた、痛々《いたいた》しい包帯《ほうたい》。

どうしたんだろう。

わたしの視線《しせん》に気《き》づいた女《おんな》の子《こ》が、わたしを見《み》る。

かるくほほえんで会釈《えしゃく》をすると、女《おんな》の子《こ》も少《すこ》しとまどった顔《かお》をしながらも、返《かえ》してくる。

「彼女《かのじょ》のことは、あとで説明《せつめい》するわ」

わたしにつづいて、車《くるま》に乗《の》りこんできた琴音《ことね》が言《い》う。

全員《ぜんいん》が車《くるま》に乗《の》りこむと、するりと車《くるま》が動《うご》き出《だ》した。

車《くるま》が発車《はっしゃ》したことに、気《き》づくのがおくれるぐらい、なめらかな運転《うんてん》。

すごい。ほとんど揺《ゆ》れないよ。

花里《はなさと》グループのお嬢様《じょうさま》の執事《しつじ》というだけあって、その運転技術《うんてんぎじゅつ》も、ただ者《もの》じゃないらしい。

「急《きゅう》にごめんなさいね、強引《ごういん》に連《つ》れてきてしまって」

わたしがそんなことを思《おも》っていると、琴音《ことね》が急《きゅう》にあやまってくる。

「ううん。理由《りゆう》があるんでしょ？」

まだあまり知《し》らないけど、琴音《ことね》がワガママでこんなことをしないということぐらいはわかる。

「ええ。すぐに動《うご》いたほうが、よさそうだったから」

「なにか事件《じけん》なの？」

琴音《ことね》の言葉《ことば》に、わたしはちらりと、窓《まど》ぎわの女《おんな》の子《こ》を見《み》る。

「それをふくめての、相談《そうだん》なの」

それをふくめて、ということは「事件《じけん》かどうかの判断《はんだん》も」ってことかな。

でも、事情《じじょう》をきくのは、響《ひびき》くんと合流《ごうりゅう》してから、だよね。

なら、到着《とうちゃく》するまでに、このあいだから気《き》になってたことを、きいちゃおうかな。

「琴音《ことね》って、響《ひびき》くんの幼《おさな》なじみだってきいたけど、付《つ》き合《あ》いは長《なが》いの？」

わたしが、話《はなし》をそらしたのがわかったらしくて、琴音《ことね》はすぐにこたえてくれた。

「ええ。家族《かぞく》どうしの付《つ》き合《あ》いだから、響《ひびき》くんが物心《ものごころ》つく前《まえ》から知《し》ってるわ」

そんなに古《ふる》い、付《つ》き合《あ》いなんだ。

「昔《むかし》の響《ひびき》くんって、どんな子《こ》だったの？」

「今《いま》と変《か》わらないわよ。まっすぐで、正義感《せいぎかん》が強《つよ》くって」

「そうなんだ。なんとなく、想像《そうぞう》はつくけど」

昔《むかし》の響《ひびき》くんが、ぜんぜん性格《せいかく》がちがったりしたら、びっくりだよね。

そう考《かんが》えていると、琴音《ことね》がクスッと、なにかを思《おも》い出《だ》したように笑《わら》う。

「そういえばわたし、小学校《しょうがっこう》の高学年《こうがくねん》のとき、誘拐《ゆうかい》されたことがあるの」

えっ、ゆ、誘拐《ゆうかい》っ⁉

「だ、大丈夫《だいじょうぶ》だったんだよね!?」

だからこそ、今無事《いまぶじ》に琴音《ことね》と話《はな》せてるんだし。

「ええ。でもそのとき警察《けいさつ》はなかなかわたしの居場所《いばしょ》がつかめず、かなり焦《あせ》ったらしいわ」

「それで、どうなったの?」

「わたしは、犯人《はんにん》たちに拉致《らち》されて、どこかのうす暗《ぐら》い物置《ものおき》のようなところに閉《と》じこめられていたの。とってもこわかった。逃《に》げだしてやろうと最初《さいしょ》は思《おも》ったけど、犯人《はんにん》たちがずっと見《み》はっていて、身動《みうご》きがとれなくて……」

状況《じょうきょう》が目《め》にうかんで、わたしはぶるっと身震《みぶる》いする。

一人《ひとり》ぼっちで、そんなところにいたら、心《こころ》ぼそくてたまらないにちがいない。

「でも、そこに助《たす》けにきてくれたのが響《ひびき》くん」

琴音《ことね》は、そのときのことを思《おも》い出《だ》したのか、うれしそうな顔《かお》で笑《わら》う。

「え、ちょっと待《ま》って……琴音《ことね》が小学生《しょうがくせい》のときってことは、響《ひびき》くんは……」

「ええ。小学校低学年《しょうがっこうていがくねん》だったかしら。警察《けいさつ》の捜査情報《そうさじょうほう》を盗《ぬす》み聞《ぎ》きして、そこから1人《ひとり》きりで推理《すいり》をして、自分《じぶん》だけでわたしが閉《と》じこめられている場所《ばしょ》の手《て》がかりをつかんで、たった1人《ひとり》で助《たす》けにきてくれたの。なんでも、犯人《はんにん》の電話《でんわ》のうしろから、電車《でんしゃ》の音《おと》と汽笛《きてき》の音《おと》が聞《き》こえてきたそうよ」

「電車《でんしゃ》と汽笛《きてき》？　海《うみ》の近《ちか》くだったの？」

「いいえ。デパートのとなりのビルだったの。屋上《おくじょう》に、小《ちい》さな遊園地《ゆうえんち》があってね。そこに電車《でんしゃ》と船《ふね》の乗《の》り物《もの》があったのよ」

「あっ、それならたしかに、電車《でんしゃ》と汽笛《きてき》の音《おと》が、両方聞《りょうほうき》こえるね」

「その2つの音《おと》が聞《き》こえる条件《じょうけん》の場所《ばしょ》は、その付近《ふきん》しかなかったのですって。あとは、その周辺《しゅうへん》で、わたしを閉《と》じこめておけるような場所《ばしょ》を探《さが》すだけだったって」

そこに思考《しこう》がたどりつく、低学年《ていがくねん》の響《ひびき》くんも、すごいんだけど。

「その前《まえ》から、頭《あたま》がいい子《こ》だとは思《おも》っていたけど、本当《ほんとう》にびっくりしたわ」

「やっぱり、響《ひびき》くんは幼《おさな》いときから、響《ひびき》くんだったんだ……」

会《あ》ってみたかったなあ。

すると、琴音《ことね》がまたクスッと思《おも》い出《だ》し笑《わら》いをした。

「でもね、響《ひびき》くんも、今《いま》みたいな自信《じしん》や勇気《ゆうき》があったわけでは、ないみたいでね。わたしを助《たす》けにきたとき、ぶかぶかのメガネをかけていたの」

「メガネ？　響《ひびき》くんって、目《め》が悪《わる》かったっけ？」

「悪《わる》くないはずよ。そのメガネは、響《ひびき》くんのお父様《とうさま》のメガネだったの。響《ひびき》くんのお父様《とうさま》は、ちょっと目《め》つきが怖《こわ》くてね。それを隠《かく》すために、伊達《だて》メガネをかけていることがあったんだけど、それを無断《むだん》で借《か》りてきたらしいわ。強《つよ》い男《おとこ》になるための、お守《まも》り代《が》わりとして、ね」

「へえ〜、あの響《ひびき》くんが……」

響《ひびき》くんが、そんなふうに物《もの》にたよってる姿《すがた》なんて、見《み》たことない。

心《こころ》ぼそかったのかな。

ちょっと意外《いがい》な一面《いちめん》かも。

わたしの知《し》らない響《ひびき》くんを、琴音《ことね》はたくさん知《し》ってるんだね……。

「琴音《ことね》お嬢様《じょうさま》、そろそろ目的地《もくてきち》に到着《とうちゃく》いたします」

運転手《うんてんしゅ》の執事《しつじ》さんが、声《こえ》をかけてくる。

車《くるま》の窓《まど》の外《そと》を見《み》ると、通《かよ》いなれた静乃《しずの》さんの家《いえ》の近《ちか》くの風景《ふうけい》が、目《め》に入《はい》ってくる。

わたしは、ちらりと窓《まど》ぎわの女《おんな》の子《こ》に視線《しせん》をむける。
結局《けっきょく》、車《くるま》に乗《の》ってから、ずっと窓《まど》の外《そと》を見《み》て、だまっていた。
ずっと、話《はな》しかけてほしくなさそうな、オーラを出《だ》してるんだよね。
それもあって、わたしも、あえて響《ひびき》くんの話題《わだい》を出《だ》したりしたんだけど……。
もともとの性格《せいかく》なのか。
それとも、この子《こ》のことが、琴音《ことね》の相談《そうだん》に関係《かんけい》してるのか。
それを知《し》るためにも、琴音《ことね》の相談《そうだん》を、まずはきかなくっちゃね！

5 探《さが》しものは、記《き》憶《おく》？

「いらっしゃい。待《ま》っていたわ」

家《いえ》の玄関《げんかん》で、静乃《しずの》さんが出《で》むかえてくれる。

「お久《ひさ》しぶりです、静乃《しずの》さん」

琴音《ことね》があいさつする。

となりで、女《おんな》の子《こ》もだまったまま、頭《あたま》を小《ちい》さく下《さ》げている。

静乃《しずの》さんは、ちらりと琴音《ことね》のとなりにいる、女《おんな》の子《こ》に目《め》をむけたけど、なにもきかない。

事情《じじょう》があるって、わかったんだと思《おも》う。

わたし、琴音《ことね》、女《おんな》の子《こ》の3人《にん》は、いつもの和室《わしつ》にむかう。

「どうやら、無事《ぶじ》に合流《ごうりゅう》できたみたいですね」

和室《わしつ》で待《ま》っていた響《ひびき》くんが、わたしを見《み》て言《い》う。

琴音《ことね》がわたしをむかえにくることも、連絡《れんらく》ずみだったんだ。

「お茶《ちゃ》を淹《い》れてくるから、気《き》にせずに、先《さき》に話《はなし》をすすめていてね」

静乃《しずの》さんがそう言《い》って、和室《わしつ》を出《で》ていく。

響《ひびき》くんのとなりにわたしがならんで、テーブルをはさんで、琴音《ことね》と女《おんな》の子《こ》にむきあってすわる。

「それで琴音《ことね》さん、今日《きょう》はどういったご用《よう》ですか？」

響《ひびき》くんが、あらたまった調子《ちょうし》でたずねる。

琴音《ことね》は居住《いず》まいをただすと、真剣《しんけん》な顔《かお》になった。

「響《ひびき》くん……これは、幼《おさな》なじみとしてのお願《ねが》いじゃないわ。白里響探偵《しらさとひびきたんてい》への──正式《せいしき》な依頼《いらい》よ」

「──はい。うかがいます」

響《ひびき》くんが、目《め》をするどくする。

「依頼《いらい》というのは、彼女《かのじょ》のことなの」

琴音《ことね》は首《くび》を横《よこ》にふって、となりにすわる、女《おんな》の子《こ》を目《め》でしめす。

響《ひびき》くんとわたしが、女《おんな》の子《こ》に目《め》をむけると、女《おんな》の子《こ》はびっくりしたように、顔《かお》をうつむかせた。

「その方《かた》が、どうかされたんですか？」

響《ひびき》くんは、琴音《ことね》に視線《しせん》をもどす。

「じつは、彼女《かのじょ》は、**記憶喪失《きおくそうしつ》**なの」

「記憶喪失《きおくそうしつ》!?」

わたしは、びっくりして声《こえ》をあげる。

まじまじと、女《おんな》の子《こ》を見《み》てしまう。

記憶喪失《きおくそうしつ》って、ドラマとかマンガでは見《み》るけど、はじめて会《あ》ったよ。

そのとき、静乃《しずの》さんが、お茶《ちゃ》を持《も》ってきてくれる。

頭《あたま》を下《さ》げながら、琴音《ことね》が話《はなし》をつづける。

「順《じゅん》を追《お》って話《はな》すわね。――3日前《かまえ》の日曜日《にちようび》の夕方《ゆうがた》、わたしは港《みなと》にいたの」

「港《みなと》？　なんでそんなところに？」

「花里《はなさと》グループと取引《とりひき》のある、イギリスの企業《きぎょう》の会長《かいちょう》ご家族《かぞく》が、豪華客船《ごうかきゃくせん》で日本《にほん》をおとずれていてね。滞在中《たいざいちゅう》の案内《あんない》をしたあとに、出航《しゅっこう》のお見送《みおく》りに行《い》ったの」

琴音《ことね》って、高校生《こうこうせい》なのに、そんなことまでしているんだ。

年《とし》は1つしかちがわないのに、まるで、もう働《はたら》いているみたい。

「本題《ほんだい》はここからよ。その帰《かえ》りに、この子《こ》が港《みなと》でおそわれているところを、警護《けいご》の者《もの》といっしょに助《たす》けたの」

「おそわれていた⁉」

わたしはびっくりして、声《こえ》をあげる。

女《おんな》の子《こ》を見《み》ると、うつむき加減《かげん》で、だまったままでいる。

「そうなの。犯人《はんにん》には逃《に》げられてしまったけれど、目立《めだ》たない黒色《くろいろ》の服《ふく》を着《き》た男《おとこ》3人《にん》だったわ。助《たす》けたあと、すぐに彼女《かのじょ》を病院《びょういん》に運《はこ》んで、治療《ちりょう》してもらったの。だけど……」

「話《はなし》をきいたら、記憶《きおく》を失《うしな》っていることがわかった――と」

響《ひびき》くんが、あとをつづける。

「そのとおりよ。言葉《ことば》は覚《おぼ》えていたけれど、自分《じぶん》の名前《なまえ》や住《す》んでいた場所《ばしょ》、なぜあそこにいたのかも、まったく思《おも》い出《だ》せないというの。身体的《しんたいてき》には、かるい外傷《がいしょう》がいくつかあった以外《いがい》は、問題《もんだい》はなかったのに」

「**全生活史健忘**《ぜんせいかつしけんぼう》――ですか」

響《ひびき》くんが、思案顔《しあんがお》で言《い》う。

「ぜんせいかつしけんぼう？」

わたしが首《くび》をかしげると、響《ひびき》くんが解説《かいせつ》してくれる。

「記憶喪失《きおくそうしつ》と言《い》っても、種類《しゅるい》があるんです。『前向性健忘《ぜんこうせいけんぼう》』とは、新《あたら》しいことが覚《おぼ》えられなくなるもの。『全生活史健忘《ぜんせいかつしけんぼう》』とは、言葉《ことば》や物《もの》のあつかい方《かた》など、日常生活《にちじょうせいかつ》を送《おく》る上《うえ》で必要《ひつよう》なことは覚《おぼ》えているのですが、自分《じぶん》の過去《かこ》の生活《せいかつ》に関《かん》することを、すべて忘《わす》れてしまうものを指《さ》します。……非常《ひじょう》にまれなケースですが」

そうなんだ。

なんとなく、「記憶喪失《きおくそうしつ》」って言《い》うからには、記憶《きおく》がないんだろうな、とぼんやり考《かんが》えてたけど、説明《せつめい》されると、深刻《しんこく》さが伝《つた》わってくる。

それってまるで、突然知《とつぜんし》らない世界《せかい》に、ほうり出《だ》されるようなものだよね。

すごく、こわいんだろうな。

「お医者様《いしゃさま》が言《い》うには、心因性《しんいんせい》の大《おお》きな負荷《ふか》が、かかったせいじゃないかって」

「彼女《かのじょ》をおそった犯人《はんにん》は、逃《に》げたあとどうなったの？」

わたしは、琴音《ことね》にたずねる。

「警察《けいさつ》には連絡《れんらく》したけど、今《いま》も逃亡中《とうぼうちゅう》よ」

「それが原因《げんいん》？」

「可能性《かのうせい》は高《たか》そうですが、おそわれたショックだけで、記憶喪失《きおくそうしつ》にまでなるかどうか……」

響《ひびき》くんが、疑問《ぎもん》を顔《かお》にうかべる。

「もっとべつの、ショックなことがあったのかも、ってこと？」

わたしは、思《おも》いついたことを口《くち》にしてみる。

響《ひびき》くんが、首《くび》を横《よこ》にふった。

「まだわかりません。今《いま》、彼女《かのじょ》はどちらに？」

「わたしの家《いえ》で保護《ほご》しているの。身元《みもと》がわかるものは、なにも持《も》っていなかったし、なぜか、捜《そう》索願《さくねがい》も出《だ》されていなかったし、そのまま、警察《けいさつ》で保護《ほご》しつづけるわけにもいかないと言《い》うし、放《ほう》っておけなくて」

「花里家《はなさとけ》なら、警備面《けいびめん》も安心《あんしん》ですしね」

響《ひびき》くんが、納得《なっとく》したようにうなずく。

「でも、捜索願《そうさくねがい》が出《で》てないって、どういうことなんだろう？　中学生《ちゅうがくせい》ぐらいだし、家族《かぞく》が心配《しんぱい》してるはずだよね？」

わたしは、疑問《ぎもん》に思《おも》ってきく。

「そのはずなのだけどね……事情《じじょう》があるのかもしれないわ。とにかく、記《き》憶《おく》もないし、家族《かぞく》からの捜索願《そうさくねがい》もないとなると、手詰《てづ》まりになってしまって」

「それで、ぼくに依頼《いらい》を？」

響《ひびき》くんがきく。

「ええ。きっと響《ひびき》くんなら、彼女《かのじょ》の記憶《きおく》をとりもどしてくれると思《おも》ったの。記憶《きおく》がもどるのを、ゆっくり待《ま》ってあげたいところだけど、時間《じかん》がたつほどに、彼女《かのじょ》の身元《みもと》の手《て》がかりが失《うしな》われる可能性《かのうせい》も高《たか》くなるでしょう？　だから、早《はや》く依頼《いらい》したほうがいいと思《おも》って」

琴音《ことね》は、女《おんな》の子《こ》に目《め》をやって、安心《あんしん》させるようにほほえみかけた。

響《ひびき》くんに視線《しせん》をもどす。

「この子《こ》の身元《みもと》を、探《さが》して。それが、響《ひびき》くんへの依頼《いらい》よ」

まっすぐに響《ひびき》くんを見《み》つめて、琴音《ことね》が言《い》う。

響《ひびき》くんは目《め》を閉《と》じて、考《かんが》えこんだ。

時間《じかん》にして30秒《びょう》ぐらいかな。

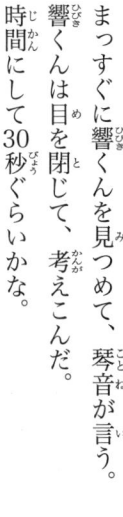

響《ひびき》くんが、ふたたび目《め》を開《あ》ける。

「──了解《りょうかい》しました。お引《ひ》き受《う》けします」

響《ひびき》くんが、しっかりとうなずく。

記《き》憶《おく》喪《そう》失《しつ》の女《おんな》の子《こ》の、身元《みもと》さがし。

この子《こ》の、これからの人生《じんせい》にかかわる、重大《じゅうだい》な依頼《いらい》だ。

「ありがとう！　響《ひびき》くん」

琴音《ことね》はほっとしたように笑顔《えがお》になると、

「ミカもこういうときは、お礼《れい》を言《い》わないとダメよ」

女《おんな》の子《こ》に言《い》う。

「……ありがとうございます」

緊張《きんちょう》しているのか、かたい表情《ひょうじょう》で女《おんな》の子《こ》がお礼《れい》を言《い》う。

……あれ？

そこでわたしは、気《き》づく。

「ミカ、って？　さっき名前《なまえ》も忘《わす》れてるって、言《い》っていたよね」

わたしは、首《くび》をかしげる。

「名無《なな》しだと、いろいろと不便《ふべん》だから、仮《かり》の名前《なまえ》をつけたの。本人《ほんにん》は、あまりしっくりこないようだけれど」

「そうなんだ。わたしは朝永咲希《あさながさき》。よろしくね、ミカちゃん」

琴音《ことね》の説明《せつめい》に、わたしは女《おんな》の子《こ》——ミカちゃんに声《こえ》をかける。

「ぼくは白里響《しらさとひびき》です」

ミカちゃんは、おずおずと顔《かお》をあげると、小《ちい》さな声《こえ》で言《い》う。

「……よろしくおねがいします」

まだミカちゃんには、とまどいが感《かん》じられる。

それも当然《とうぜん》だよね。

これまでに生《い》きてきた記憶《きおく》がまったくないなんて、心《こころ》ぼそいはずだもん。

だからこそ、ミカちゃんの記憶《きおく》の手《て》がかりを、少《すこ》しでもつかんであげなくちゃ！

6 情報《じょうほう》のスペシャリスト

次《つぎ》の日《ひ》の放課後《ほうかご》。

わたしは、静乃《しずの》さんの家《いえ》にいた。

今《いま》いるのは、昨日《きのう》とまったく同《おな》じメンバー。

響《ひびき》くん、わたし、静乃《しずの》さん、琴音《ことね》、ミカちゃん。

「もう、なにかわかったの、響《ひびき》くん？」

琴音《ことね》も、この早《はや》さにおどろいたのか、びっくりした顔《かお》をしてる。

「ぼくではなく、静乃《しずの》さんの成果《せいか》です。昨日《きのう》、ミカさんの写真《しゃしん》を撮《と》ったので、それをもとに、静《しず》乃《の》さんに監視《かんし》カメラの映像《えいぞう》に、映《うつ》っていないかを調《しら》べてもらったんです」

「正確《せいかく》には、特定《とくてい》の範囲《はんい》の監視《かんし》カメラだけ、だけどね」

静乃《しずの》さんが、肩《かた》をすくめる。

監視《かんし》カメラは、今《いま》ではかなり多《おお》くのマンションやビル、コンビニなど、あらゆる場所《ばしょ》に設置《せっち》されていて、ハードディスクに映像《えいぞう》のデータが保存《ほぞん》されている。

保存《ほぞん》されていれば、それを見《み》ることも可能《かのう》、ということなんだよね。

だけど、監視《かんし》カメラは、膨大《ぼうだい》な数《かず》になる。

静乃《しずの》さんは特定《とくてい》の範囲《はんい》だけと言《い》ったけど、それでも、数百台以上《すうひゃくだいいじょう》の監視《かんし》カメラの映像《えいぞう》を、確認《かくにん》したらしいんだよね。

前《まえ》に響《ひびき》くんとわたしで、監視《かんし》カメラの映像《えいぞう》を調《しら》べたときは、2人《ふたり》で真夜中《まよなか》まで作業《さぎょう》して、げっそりだったんだけど。

「特定《とくてい》の相手《あいて》を探《さが》すのなら、今《いま》は**『顔認証《かおにんしょう》システム』**が使《つか》えるから、難《むずか》しくないのよ」

わたしの疑問《ぎもん》に気《き》づいたのか、静乃《しずの》さんが説明《せつめい》してくれる。

「顔認証《かおにんしょう》システム？」

わたしは、ききなれない言葉《ことば》に、首《くび》をかしげる。

「プログラムを組《く》んでおけば、コンピュータが自動的《じどうてき》に、映《うつ》っているのが同《おな》じ人物《じんぶつ》かどうか、調《しら》べてくれるの。それでもカメラの台数《だいすう》が多《おお》いから、一晩《ひとばん》かかったけれどね」

「それでも、すごいですよ！」

「ありがとう。最近《さいきん》は、響《ひびき》くんもあたりまえのような反応《はんのう》しか、してくれないから、新鮮《しんせん》でうれしいわ」

わたしの言葉《ことば》に、静乃《しずの》さんは笑《わら》ってうなずく。

「話《はなし》がそれたわね。報告《ほうこく》の前《まえ》に最初《さいしょ》に断《ことわ》っておくけど、監視《かんし》カメラの映像《えいぞう》は、そんなに長期間《ちょうきかん》は保存《ほぞん》しておかないものなの。それと日本中《にほんじゅう》の監視《かんし》カメラの映像《えいぞう》を照合《しょうごう》したわけじゃないわ。響《ひびき》くんの指示《しじ》で、港周辺《みなとしゅうへん》の監視《かんし》カメラを中心《ちゅうしん》に、確認《かくにん》してみたの」

「それで？　結果《けっか》はどうだったんですか？」

琴音《ことね》が、めずらしく先《さき》をうながすように、身《み》をのりだす。

「ミカちゃんが映《うつ》っていたのは、港《みなと》の監視《かんし》カメラ。これは当然《とうぜん》ね、そこにいたのがわかっているんだもの。それで、考《かんが》えて、港《みなと》から出《で》ているフェリーの行《い》き先《さき》を調《しら》べたの。すると、いくつかの島《しま》のうちの1つにある、お店《みせ》の防犯《ぼうはん》カメラに、ミカちゃんのすがたが映《うつ》っていたわ」

「島《しま》？　じゃあミカは、その島《しま》に住《す》んでいる子《こ》ということかしら？」

琴音《ことね》が首《くび》をひねる。

「警察《けいさつ》に問《と》い合《あ》わせましたが、その島《しま》に行方不明《ゆくえふめい》の子《こ》がいる、という届《とど》けはありませんでした」

響《ひびき》くんが、琴音《ことね》の疑問《ぎもん》に答《こた》える。

「なら、島《しま》へは旅行《りょこう》で行《い》ったということ？」

「そう考《かんが》えるのが自然《しぜん》、ですが……」

琴音《ことね》の言葉《ことば》に、響《ひびき》くんは考《かんが》える顔《かお》をする。

どうやら、響《ひびき》くんは、ひっかかりをおぼえるみたい。

「結論《けつろん》を急《いそ》ぎすぎたらダメね。今《いま》は、手《て》がかりをつかめただけでも、いいと思《おも》わないと」

琴音《ことね》は、イスにすわりなおして、息《いき》をつく。

「それで、その島《しま》に行《い》くの？」

「はい。今週末《こんしゅうまつ》にでもと、思《おも》っています」

「もちろん、わたしもついていくよ！」

わたしも、あわててつけくわえる。

助手《じょしゅ》として、響《ひびき》くんが捜査《そうさ》にいくところ、わたしもついていかないとね！

「それなら、島《しま》へのフェリー、島《しま》での宿泊《しゅくはく》につ

いては、こちらで用意《ようい》させてもらうわ」

「あ、あの……」

それまでだまっていたミカちゃんが、おずおずと話《はなし》に入《はい》ってくる。

「どうしたの、ミカ？」

「わたしも島《しま》に行《い》きます！　早《はや》く記憶《きおく》をとりもどしたいんです……だから……！」

ミカちゃんが、必死《ひっし》な顔《かお》でうったえる。

わたしたちは顔《かお》を見《み》あわせた。

だって、今《いま》までずっとミカちゃんは、だまっていることが多《おお》かったし、話《はな》しても小声《こごえ》だったり、てっきりおとなしい子《こ》なんだと思《おも》ってたから。

でも、そうだよね。

自分《じぶん》がなにものなのか、早《はや》く知《し》りたいよね。

人《ひと》まかせにして、待《ま》ってるだけというのは、もどかしいのかも。

「そうね……外傷《がいしょう》はもう、たいしたことはないけれど……」

琴音《ことね》は、思案《しあん》げな顔《かお》をする。

たしかに、昨日《きのう》は頭《あたま》に巻《ま》かれていた包帯《ほうたい》も取《と》れて、ちいさなガーゼだけになっている。

「お願《ねが》いします！」

ミカちゃんが、頭《あたま》を下《さ》げる。

「わかったわ。……響《ひびき》くん、いいかしら？　ミカも連《つ》れていってもらえる？」

「かまいません。ミカさんが、直接《ちょくせつ》その場所《ばしょ》に立《た》つことで、なにか思《おも》い出《だ》すかもしれませんし」

「ただ、残念《ざんねん》だけど、今週末《こんしゅうまつ》は用《よう》があって、わたしはいっしょに行《い》けないの」

「大丈夫《だいじょうぶ》です。迷惑《めいわく》をかけないようにしますから」

心配《しんぱい》そうな琴音《ことね》を見《み》て、ミカちゃんがはっきりと、自分《じぶん》の意思《いし》を言葉《ことば》にする。

「そこまで言《い》うなら、大丈夫《だいじょうぶ》そうね」

琴音《ことね》は、笑顔《えがお》でうなずく。それから、響《ひびき》くんとわたしを見《み》る。

「響《ひびき》くん、咲希《さき》。ミカをたのむわ」

「まかせてください」

「少《すこ》しでも記憶回復《きおくかいふく》の手助《てだす》けになるように、がんばってくるよ」

響《ひびき》くんとわたしも、笑顔《えがお》で返《かえ》す。

「響《ひびき》くんにまかせておけば、大丈夫《だいじょうぶ》よ。きっとあなたの記憶《きおく》をとりもどしてくれるから」

琴音《ことね》がミカちゃんに、あらためて言《い》う。

「はい……がんばります」

ミカちゃんが、顔《かお》をあげてうなずく。

「がんばりすぎないようにね」

琴音《ことね》がほほえみ、ミカちゃんの髪《かみ》を、やさしくなでる。

たぶん、ミカちゃんを保護《ほご》してから、ずっと心配《しんぱい》してたんだと思《おも》う。

その心配《しんぱい》を、響《ひびき》くんとわたしで、少《すこ》しでも肩代《かたが》わりできたら、いいんだけど。

そんなことを思《おも》いつつ、帰《かえ》る琴音《ことね》とミカちゃんを、玄関《げんかん》で見送《みおく》る。

黒塗《くろぬ》りの高級車《こうきゅうしゃ》が、家《いえ》の前《まえ》に止《と》まっている。

この住宅街《じゅうたくがい》の雰囲気《ふんいき》って、昭和《しょうわ》っぽいから、すごく目立《めだ》ってるよ。

「静乃《しずの》さん、今日《きょう》はありがとうございました」

玄関先《げんかんさき》で、琴音《ことね》が頭《あたま》を下《さ》げてお礼《れい》を言《い》う。

となりのミカちゃんも、あわてて頭《あたま》を下《さ》げてる。

琴音《ことね》はお嬢様《じょうさま》だけど、こういうところは、しっかりしてるんだよね。

お嬢様《じょうさま》が頭《あたま》を下《さ》げるって、けっこう大変《たいへん》なことだと思《おも》うんだけど。

「わたしは、響《ひびき》くんの指示《しじ》を受《う》けて調《しら》べただけよ。それに、これからでしょ」

「そうですね。それでは失礼《しつれい》します」
琴音《ことね》はうなずくと、ミカちゃんを連《つ》れて、車《くるま》にむかう。
2人《ふたり》が車《くるま》に乗《の》りこみ、走《はし》り去《さ》るのを見《み》てから、家《いえ》の中《なか》にもどる。
和室《わしつ》にもどりながら、響《ひびき》くんがわたしを見《み》る。
「咲希《さき》さんも、しっかり準備《じゅんび》をしておいてください」
響《ひびき》くんの表情《ひょうじょう》は、わずかにけわしさがにじんでる。
事件《じけん》にむかう、ピリッとした緊張《きんちょう》の気配《けはい》が感《かん》じられる。
そう、単《たん》に記憶喪失《きおくそうしつ》の女《おんな》の子《こ》の過去《かこ》を探《さが》す……ってだけじゃない。
たぶん、響《ひびき》くんが気《き》にしているのは、ミカちゃんがおそわれたこと、だよね。
ミカちゃんが男《おとこ》たちにおそわれたのは港《みなと》だった。
なら、島《しま》が関係《かんけい》してるかもしれないんだ。
なにごともなければいい。だけどもし……という心《こころ》がまえは、しておかなきゃね。
だってわたしは、少年探偵《しょうねんたんてい》・白里響《しらさとひびき》の助手《じょしゅ》なんだから。

7 島《しま》にむかう船《ふね》

ブオオオオオオンッ

フェリーの汽笛《きてき》の音《おと》が、耳《みみ》にひびく。
船内《せんない》にいても、潮《しお》の香《かお》りがただよってきて、鼻《はな》をくすぐる。
金曜日《きんようび》の夜《よる》の6時《じ》すぎ。
響《ひびき》くん、ミカちゃん、わたしの3人《にん》は、フェリーに乗《の》っていた。
むかう先《さき》は、ミカちゃんが防犯《ぼうはん》カメラに映《うつ》っていた島《しま》。
今日《きょう》までの間《あいだ》に、ちゃんと島《しま》についても、調《しら》べてある。
島《しま》の名前《なまえ》は、晴流島《せいりゅうとう》。
フェリーで2時間《じかん》ほどの場所《ばしょ》にある、人口《じんこう》は5万人《まんにん》ていどの島《しま》だ。
観光地《かんこうち》としても人気《にんき》らしくて、週末《しゅうまつ》には、数百人《すうひゃくにん》の観光客《かんこうきゃく》がおとずれているんだって。

今《いま》このフェリーにも、30人《にん》ぐらいと、けっこうな数《かず》のお客《きゃく》さんが乗《の》っている。

お客《きゃく》さんも家族連《かぞくづ》れやカップル、老夫婦《ろうふうふ》など、いろんな人《ひと》たちで、かたよりがあんまりないみたい。

夜景《やけい》を見《み》ようと、甲板《かんぱん》に出《で》ているお客《きゃく》さんもいるけど、夜《よる》の海《うみ》って、ちょっとこわいから、そこまで多《おお》くない。

響《ひびき》くんは、すぐうしろの席《せき》にすわってる。

なにか考《かんが》えたいことがあるらしくて、フェリーに乗《の》ってから、1人《ひとり》でずっと考《かんが》えこんでる。

思考《しこう》モードに入《はい》っちゃってるのかも。

ミカちゃんは、少《すこ》しはなれた、わたしから見《み》える船内《せんない》の座席《ざせき》にすわってる。

じつのところ、まだ会話《かいわ》をしていても、距離《きょり》があるんだよね。

記憶《きおく》の手《て》がかりを探《さが》すためとはいえ、旅行《りょこう》でもあるんだし、ミカちゃんにはリラックスして、楽《たの》しんでもらいたいんだけど。

よし！　せっかくだし、今《いま》のうちに親《した》しくなっておこう！

きっと、これも探偵《たんてい》の助手《じょしゅ》としての仕事《しごと》の1つだよね。

わたしはミカちゃんのとなりの席《せき》に、移動《いどう》する。

ミカちゃんは、スマホの画面《がめん》を見《み》つめながら、ときどきなにか操作《そうさ》してる。

「こんばんは。少《すこ》し話《はな》してもいい？」

「……はい。大丈夫《だいじょうぶ》です」

「え～と……船酔《ふなよ》いする体質《たいしつ》じゃない？」

話題《わだい》が思《おも》いつかなくて、とりあえずきいてみる。

「記憶《きおく》がないから、わからないですけど、たぶん……」

うっ……。

し、しまったぁ！

そうだよね……。記憶《きおく》がないんだから、自分《じぶん》が船酔《ふなよ》いになるかどうかも、わからないよね。

「も、もし、気分《きぶん》が悪《わる》くなったら、言《い》ってね。酔《よ》い止《ど》めの薬《くすり》を持《も》ってるから」

「はい。でも、そういう薬《くすり》は酔《よ》う前《まえ》に飲《の》まないと、あんまりきかないと思《おも》います」

そ、そうだね……。

酔《よ》い止《ど》めは先《さき》に飲《の》んでおくほうが、効果《こうか》があるのは、わたしも知《し》ってる。

ううう……。

記憶《きおく》に関係《かんけい》ない話《はなし》をしようと思《おも》ったのに、わたしのほうが調子《ちょうし》がくるってるみたい。

本当《ほんとう》は、こんな気《き》のつかいかたをされるのだって、ミカちゃんはうれしくないよね。

なにかいい話題《わだい》、いい話題《わだい》……ん？

わたしは、さっきからミカちゃんが手《て》に持《も》ってる、ピンク色《いろ》のスマホが目《め》にとまる。

「そのスマホって、琴音《ことね》が？」

身元《みもと》を証明《しょうめい》するものは、持《も》っていなかったという話《はなし》だったよね。

だから、ミカちゃんがもともと持《も》ってる、スマホではないはず。

「はい、そうです。連絡手段《れんらくしゅだん》がないとこまるからって。琴音《ことね》お姉《ねえ》ちゃんに、ショップに連《つ》れていってもらって、選《えら》びました」

そこではじめて、ミカちゃんはほおをほころばせる。

琴音《ことね》お姉《ねえ》ちゃんって、よんでるんだ。

琴音《ことね》、ずいぶん慕《した》われてるなぁ。

それも当然《とうぜん》かも。

なにもわからずに、不安《ふあん》でいるミカちゃんを保護《ほご》して、安心《あんしん》する場《ば》を与《あた》えてくれたんだから。

「やっと笑《わら》ってくれた」

ミカちゃんの笑顔《えがお》を見《み》て、わたしもほっとして、笑《え》みをうかべる。

「えっ？」

「あっ、ごめんね。ほら、ずっとかたい顔《かお》をしてたから。むりをさせてるかな、と思《おも》って。そうじゃなくても、記憶《きおく》がないってつらいでしょうに」

「そんなことないです。朝永《あさなが》さんと白里《しらさと》さんにこうやって連《つ》れてきてもらって、少《すこ》しでも自分《じぶん》の記憶《きおく》を探《さが》せるのは、うれしいですから」

「そう？　ならよかったけど。あと、わたしのことは咲希《さき》でいいよ。朝永《あさなが》さんって、ちょっと堅《かた》苦《くる》しいし」

「でも……わかりました。咲希《さき》……さん？」

「うん。……そうだ！　連絡先交換《れんらくさきこうかん》しとこう。島《しま》で迷子《まいご》になったりしたら、こまるし」

わたしが提案《ていあん》すると、ミカちゃんもすぐにオーケーして、連絡先《れんらくさき》を交換《こうかん》する。

「これでよし！　と。でも、ケガはすっかりよくなって、よかったね」

ミカちゃんの頭《あたま》からは、ガーゼもとれている。

「頭《あたま》のケガも、傷跡《きずあと》は残《のこ》らないって、琴音《ことね》が言《い》っていたし。でも、おそわれたのは怖《こわ》かったよね？」

「……はい、そうですね」

ミカちゃんは、うつむいて、しずんだ顔《かお》をする。

あぁ、またやっちゃった……。

わざわざ、怖《こわ》いことを思《おも》い出《だ》させなくても、よかったのに！

「ごめんね。でも、すぐに犯人《はんにん》はつかまるよ。警察《けいさつ》も調《しら》べているんだし。それよりも、今《いま》はミカちゃんの記憶《きおく》かな。……あっ、だけど気負《きお》わなくていいからね！　自然《しぜん》に思《おも》いだすのが一番《いちばん》なんだから」

わたしは、オタオタとして、あわてて言葉《ことば》をつけくわえる。

それを見《み》たミカちゃんが、クスクスと笑《わら》っている。

ああもう！　笑《わら》われちゃったよぉ。

でも、ミカちゃんが笑顔《えがお》になってくれるなら、いっか。

「笑《わら》ったりして、ごめんなさい」

ミカちゃんは、口《くち》もとをおさえてあやまる。

「いいよ。ぜんぜん」

わたしは答《こた》えながら、ふと視線《しせん》を感《かん》じて、ふり返《かえ》る。

……あれ？

響《ひびき》くんが、気《き》にしたようにミカちゃんを見《み》ている。

どうしたんだろう？

思考《しこう》モードに入《はい》ってた響《ひびき》くんが、まわりを気《き》にするなんて、めずらしい。

ブオオオオオオンッ

汽笛《きてき》が鳴《な》る。

つづいて、まもなくフェリーが島《しま》に到着《とうちゃく》する、というアナウンスが流《なが》れる。

もうそんな時間《じかん》なんだ。

アナウンスをきいて、ほかのお客《きゃく》さんたちが、荷物《にもつ》をまとめたりと、動《うご》きはじめる。

わたしたちも、荷物《にもつ》を持《も》って、おりる準備《じゅんび》をする。

それから5分《ふん》ほどして、船《ふね》は島《しま》の港《みなと》に着《つ》いた。

「ここが晴流島《せいりゅうとう》かぁ……」

あたりが暗《くら》いせいもあって、島《しま》の大《おお》きさや景色《けしき》は、よくわからない。

遠目《とおめ》に林《はやし》のような、木々《きぎ》の生《は》えた山《やま》は見《み》えるけど、それもうっすらと暗闇《くらやみ》に形《かたち》がうかんでいるように、見《み》えるだけだし。

「咲希《さき》さん、ミカさん。旅館《りょかん》のマイクロバスは、あっちみたいです」

響《ひびき》くんが、道路《どうろ》のほうを指《ゆび》さして、教《おし》えてくれる。

港《みなと》から旅館《りょかん》までは、歩《ある》くとけっこうな距離《きょり》があるらしくて、むかえがくることになってるんだよね。

「ようこそ、いらっしゃいました。朝永様御《あさながさまご》一行《いっこう》ですね」

旅館《りょかん》の半纏《はんてん》を羽織《はお》った、40代《だい》ぐらいの男《おとこ》の人《ひと》が、マイクロバスの前《まえ》に立《た》っている。

「はい。わたしが朝永《あさなが》です。２人《ふたり》が連《つ》れになります」

わたしは、響《ひびき》くんより1歩前《ぽまえ》に出《で》て、名乗《なの》り出《で》る。

いちおう年上《としうえ》だから、わたしが責任者《せきにんしゃ》ということに、なってるんだよね。

一番《いちばん》しっかりしてるのは響《ひびき》くんだけど、まだ小学生《しょうがくせい》だし。

「どうぞ、バスに乗《の》ってお待《ま》ちください。すぐに出発《しゅっぱつ》いたします」

バスには、ほかにも3組《くみ》ほど、お客《きゃく》さんが乗《の》っている。

フェリーの中《なか》で、見《み》かけた人《ひと》たちだ。

わたしたちが座席《ざせき》にすわると、マイクロバスが旅館《りょかん》にむけて走《はし》り出《だ》した。

8 豪華旅館《ごうかりょかん》へようこそ！

15分《ふん》ほど走《はし》って、マイクロバスは止《と》まる。

目《め》の前《まえ》にあるのは、純和風家屋《じゅんわふうかおく》の旅館《りょかん》だった。

正面《しょうめん》にかかげられた行灯《あんどん》が、あたたかい明《あ》かりで、てらしている。

行灯《あんどん》には、「石和屋《いさわや》」と旅館《りょかん》の名前《なまえ》が墨《すみ》で書《か》かれている。

ああいうのって、時代劇《じだいげき》とかでしか見《み》たことなかったよ。

背後《はいご》に見《み》える旅館《りょかん》の建物《たてもの》の日本家屋《にほんかおく》とあわせて、とても幻想的《げんそうてき》な雰囲気《ふんいき》に、目《め》をうばわれる。

「わぁ……」

となりで、ミカちゃんも口《くち》を半開《はんびら》きにして、旅館《りょかん》を見《み》あげてる。

「こちらへどうぞ」

出《で》むかえてくれた仲居《なかい》さんの案内《あんない》で、旅館《りょかん》の中《なか》に入《はい》る。

正面玄関《しょうめんげんかん》でくつをぬぎ、スリッパにはきかえる。

その横《よこ》がフロントで、さっそくチェックインの手《て》つづきをする。

フロントにいたのは、立《た》ちふるまいからして、目《め》につくほど品《ひん》のある旅館《りょかん》の女将《おかみ》さん。

手《て》つづきをすませると、仲居《なかい》さんが部屋《へや》まで案内《あんない》してくれる。

借《か》りたのは、2部屋《へや》。

1部屋《へや》にはわたしとミカちゃん。もう1部屋《へや》には響《ひびき》くんだ。

「広《ひろ》〜い、すごくいい部屋《へや》だね！」

わたしは部屋《へや》の中《なか》に入《はい》ると、荷物《にもつ》をおいて声《こえ》をあげる。

旅館《りょかん》の部屋《へや》は、15畳《じょう》のゆったりとした和室《わしつ》。

わたしとミカちゃんの2人《ふたり》で使《つか》うなんて、もったいないくらい！

6人《にん》くらいいても、まだ広々《ひろびろ》としてそうなくらいだよ。

部屋《へや》の真《ま》ん中《なか》には、木製《もくせい》のしっかりとしたテーブルがおいてあり、まわりに座椅子《ざいす》がそなえつけてある。

部屋《へや》の右側《みぎがわ》は床《とこ》の間《ま》になって、水墨画《すいぼくが》の掛《か》け軸《じく》がかかっていた。

そして、部屋《へや》の奥《おく》を見《み》ると、開《あ》いたふすまのむこうに、大《おお》きくとった窓《まど》がある。

板《いた》の間《ま》の広縁《ひろえん》になっていて、くつろげるように、大《おお》きめのイスが2つ、むかい合《あ》うようにおいてあった。

「窓《まど》の外《そと》に、川《かわ》が見《み》えるよ」

わたしは窓《まど》ぎわまでいくと、ミカちゃんに声《こえ》をかける。

「きれい……」

ミカちゃんがとなりにきて、つぶやくのがきこえる。

サラサラという水音《みずおと》に視線《しせん》をむけると、緑《みどり》の木々《きぎ》の間《あいだ》から、小《ちい》さな川《かわ》が流《なが》れる様子《ようす》が見《み》える。

でも、こんないい部屋《へや》、よく急《きゅう》にとれたよね。さすがは、琴音《ことね》。

「ミカちゃん。お茶《ちゃ》飲《の》む？」

「は、はい」

部屋《へや》には、ポットとお茶《ちゃ》とお茶《ちゃ》うけのおまんじゅうが、用意《ようい》されてる。

わたしは、急須《きゅうす》で緑茶《りょくちゃ》を淹《い》れると、座椅子《ざいす》にすわったミカちゃんの前《まえ》におく。

「ありがとうございます」

両手《りょうて》でかかえるように、湯飲《ゆの》みを持《も》って、ミカちゃんはフーフーと冷《さ》ましながら、お茶《ちゃ》を飲《の》む。

それを見《み》てから、わたしも自分《じぶん》のお茶《ちゃ》を飲《の》んだ。

あ〜落《お》ちつくなぁ。

こういう雰囲気《ふんいき》って、けっこう好《す》きかも。

「ミカちゃん。島《しま》に来《き》てみて、なにか思《おも》い出《だ》した？」

わたしは、スマホを確認《かくにん》しているミカちゃんに、たずねてみる。

あせらせないほうがいいとは思《おも》いつつも、ついきいてしまう。

「いいえ、とくには……すみません」

「ううん！　あやまらなくていいんだよ」

わたしは、あわてて両手《りょうて》をふる。

「なにか気《き》づいたり、思《おも》い出《だ》したりしたことがあったら、遠慮《えんりょ》なく言《い》ってね。気《き》のせいかもってことでも、ぜんぜんかまわないから。響《ひびき》くんもわたしも、そのためにいるんだから」

ミカちゃんには、なるべく気《き》がねなく、話《はな》してもらいたいんだよね。

すぐにはむずかしいとは、思《おも》うんだけど。

「はい、ありがとうございます」

ミカちゃんは、一瞬《いっしゅん》だけ笑顔《えがお》になってうなずく。

でも、すぐにその笑顔《えがお》を、ミカちゃんはひっこめてしまう。

う〜ん……。

やっぱり、まだ心《こころ》をゆるしてもらえてないのかな。


お茶《ちゃ》を飲《の》んでから、わたしはミカちゃんをさそって、旅館《りょかん》の中《なか》を見《み》てまわることにした。

となりの部屋《へや》の、響《ひびき》くんにも連絡《れんらく》して、合流《ごうりゅう》する。

「すごくいい部屋《へや》だよね。響《ひびき》くんのところは、どうだった？」

「もったいないような部屋《へや》です。この旅館《りょかん》は、島《しま》で一番《いちばん》の高級旅館《こうきゅうりょかん》だそうです」

「え、そうなの!?」

ずいぶんいい部屋《へや》だな、とは思《おも》ってたけど、そこまでなんて。

琴音《ことね》……そんなすごいところ、用意《ようい》してくれなくても……。

たぶん、ミカちゃんのためもあるんだろうな。

旅館《りょかん》のロビーには、ソファとテーブルがおかれている。

そのそばには、時代《じだい》を感《かん》じさせる戸棚《とだな》があって、民芸品《みんげいひん》らしき木《き》で彫《ほ》った馬《うま》やトラなどが、かざられている。

「……急《きゅう》な話《はなし》で、もうしわけない」

「…………さんのたのみなら、しょうがないわね」

ん？

声《こえ》がきこえて、わたしはフロントのほうに、視線《しせん》をむける。

そこには、旅館《りょかん》の女将《おかみ》さんと、もう1人《ひとり》、スーツ姿《すがた》の小太《こぶと》りの中年《ちゅうねん》の男《おとこ》の人《ひと》が、話《はなし》をしている。

あの人《ひと》、だれだろう？

女将《おかみ》さんの知《し》り合《あ》いみたいだけど。

なんとなく、気《き》になって視線《しせん》をむけていると、女将《おかみ》さんが、わたしの視線《しせん》に気《き》づいて、ていねいにおじぎをしてくる。

わたしも、あわてておじぎを返《かえ》す。

「どうかしましたか、咲希《さき》さん」

響《ひびき》くんが、となりにやってくる。

「ううん、なんでもないよ。それより、そろそろ夕食《ゆうしょく》の時間《じかん》だよね」

「そうですね。もどりましょうか」

わたしは、民芸品《みんげいひん》をのぞきこんでいた、ミカちゃんにも声《こえ》をかけて、部屋《へや》にもどることにする。


夕食《ゆうしょく》は響《ひびき》くんの部屋《へや》で、3人《にん》で食《た》べた。

食事《しょくじ》はお鍋《なべ》と、お刺身《さしみ》に小鉢《こばち》がそろった、いろどりゆたかで、目《め》でも楽《たの》しめる和食《わしょく》のコース。

島《しま》だから、お刺身《さしみ》が新鮮《しんせん》で、すっごくおいしかったんだよね！

あまりのおいしさに、響《ひびき》くんまで、びっくりしてたぐらいだもん。

夕食《ゆうしょく》のあとは、温泉《おんせん》に入《はい》って、早《はや》めに寝《ね》ることにした。

明日《あした》から、島《しま》を見《み》てまわる予定《よてい》だしね。

布団《ふとん》に入《はい》りながら、温泉《おんせん》からの帰《かえ》り、響《ひびき》くんが別《わか》れぎわに言《い》っていた言葉《ことば》を思《おも》いだす。

「なるべく、ミカさんに、ついていってあげてください」

「もちろん。そのつもりだよ」
わたしは、当然《とうぜん》ひきうけたけど、あれって、どういう意味《いみ》だったんだろう。
響《ひびき》くんが、意味《いみ》もなく念《ねん》をおしてきたとも、思《おも》えないんだよね。
ちらりと横《よこ》を見《み》ると、ミカちゃんが寝息《ねいき》をたてている。
もう眠《ねむ》ってしまったらしい。
今日《きょう》は、フェリーで移動《いどう》もしたし、つかれたのかも。
その寝顔《ねがお》に、思《おも》わず笑《え》みがこぼれる。
あれこれ考《かんが》えても、しょうがないか。
わたしにできることは、1つだけ。
ミカちゃんの近《ちか》くにいて、記憶《きおく》の手《て》がかり探《さが》しを、せいいっぱい手伝《てつだ》うことだもんね！

9 ちょっぴり食《た》べ歩《ある》き気《き》分《ぶん》

朝食《ちょうしょく》をすませてから、わたしたちは、したくをして旅館《りょかん》を出《で》た。

「もしかしたら、すぐにミカちゃんの身元《みもと》がわかるかもしれないよ！　楽《たの》しみだね」

わたしは、ミカちゃんに声《こえ》をかける。

「は、はい……」

だけど、ミカちゃんはうかない顔《かお》をしてる。

不安《ふあん》なのかな？

その不安《ふあん》をとりのぞくためにも、がんばらなきゃね！

最初《さいしょ》の目的地《もくてきち》は、ミカちゃんの姿《すがた》が映《うつ》っていた、防犯《ぼうはん》カメラのあるお店《みせ》。

お店《みせ》は、商店街《しょうてんがい》の中《なか》にあると調《しら》べてあったから、まっすぐにそこにむかう。

「地図《ちず》によると、あそこですね」

響《ひびき》くんが、地図《ちず》を確認《かくにん》しながら、50メートルぐらい先《さき》を指《ゆび》さす。

遠目《とおめ》からも、『晴流通《せいりゅうどお》り商店街《しょうてんがい》』と書《か》かれた大《おお》きな看板《かんばん》が、かかっているのが見《み》える。

「うわぁ、観光客《かんこうきゃく》がいっぱい」

近《ちか》づいていくと、人《ひと》が多《おお》いのが、だんだんとわかる。

フェリーでもそうだったけど、家族連《かぞくづ》れ、カップル、老夫婦《ろうふうふ》と老若男女《ろうにゃくなんにょ》のはば広《ひろ》い人《ひと》たちが、歩《ある》いている。

左右《さゆう》には、食《た》べ物屋《ものや》さんや、お土産屋《みやげや》さんなどがならび、お客《きゃく》さんが集《あつ》まっていて、にぎやか。

ガヤガヤとしたさわがしさに、ワクワクする。

「それじゃあ、行《い》こうか」

わたしは、ミカちゃんに声《こえ》をかける。

「はい。いろいろなお店《みせ》がありますね」

ミカちゃんの声《こえ》も、少《すこ》しはずんでいるようだ。

少《すこ》しは気分転換《きぶんてんかん》にも、なってるのかな？　そうだといいけど。

商店街《しょうてんがい》を歩《ある》いていくと、

「あ、島《しま》の名物《めいぶつ》の亀《かめ》モチだって！」

『名物《めいぶつ》　亀《かめ》モチ』という看板《かんばん》が目《め》に入《はい》る。

「亀《かめ》？　……どんなのだろう」

ミカちゃんがぼそりと言《い》ったのが、きこえる。

ミカちゃんが、興味《きょうみ》を持《も》った？　それなら！

「ちょっと買《か》ってみようか！」

「え、でも……」

わたしは、ミカちゃんをひっぱって、亀《かめ》モチが売《う》っているお店《みせ》にむかう。

響《ひびき》くんも肩《かた》をすくめて、ついてきた。

「へえ～、ほんとに亀《かめ》のかたちをしてるんだ」

わたしは、買《か》った亀《かめ》モチを観察《かんさつ》する。

白《しろ》いおもちに、きな粉《こ》がまぶしてあり、そのきな粉《こ》が、亀《かめ》の甲羅《こうら》を描《えが》いている。

すごく手間《てま》がかかってそう。

「中《なか》は、あんこなんですね。甘《あま》くておいしい……」

ミカちゃんは、亀《かめ》モチを食《た》べながら、ほおがゆるんでいる。

もしかして、甘《あま》いものが好《す》きなのかも。

でも、ミカちゃんがそう感《かん》じるのもわかるよ。

見《み》た目《め》だけじゃなくて、きな粉《こ》とあんこの相性《あいしょう》がばっちりだから、味《あじ》もおいしいし。

響《ひびき》くんも、もくもくと亀《かめ》モチを食《た》べている。

響《ひびき》くんって、けっこう甘《あま》いもの好《す》きなんだよね。

脳《のう》の栄養《えいよう》は、糖分《とうぶん》っていうもんね。だからかな？

「次《つぎ》はなにを食《た》べようか？」

亀《かめ》モチを食《た》べ終《お》わると、わたしはミカちゃんと響《ひびき》くんにきく。

「咲希《さき》さん、目的《もくてき》をわすれてませんか？」

「えっ？　ま、まさか、わすれてないよ！」

響《ひびき》くんにきかれ、わたしはあわてて、首《くび》を横《よこ》にふる。

「冗談《じょうだん》です。もう少《すこ》し、いろいろ見《み》ながらで大丈夫《だいじょうぶ》ですよ。急《いそ》ぐ必要《ひつよう》はないんですから。ゆっくりいきましょう」

響《ひびき》くんが、クスッと笑《わら》う。

ううぅ……響《ひびき》くん、絶対《ぜったい》ちょっとわたしがうかれてたことに、気《き》づいてるよね。

ミカちゃんの記憶《きおく》の手《て》がかりを探《さが》す旅行《りょこう》だとしても、せっかくだから、楽《たの》しく笑《わら》ってすごしてくれたほうがいいもんね。

「じゃあ、響《ひびき》くんの許可《きょか》も出《で》たから、もう少《すこ》し見《み》てまわろう。ミカちゃん」

「は、はい。そうですね」

ミカちゃんは、とまどいつつも、うなずく。

ちょっと強引《ごういん》かもだけど、いちおうわたしは年上《としうえ》のお姉《ねえ》さんだし、これぐらいは大丈夫《だいじょうぶ》だよね。


たっぷりと商店街《しょうてんがい》を見《み》てまわり、目的地《もくてきち》にやってきた。

看板《かんばん》には、『**たい焼《や》き　花丸《はなまる》**』と書《か》いてある。

ここがミカちゃんが映《うつ》っていた、防犯《ぼうはん》カメラがあるお店《みせ》なんだよね。

ジュー、という鉄板《てっぱん》の焼《や》ける音《おと》がして、香《こう》ばしいにおいが、お店《みせ》からただよってくる。

「いらっしゃい！　なににします？」

エプロン姿《すがた》のおばちゃんが、お店《みせ》の中《なか》からきいてくる。

この商店街《しょうてんがい》の多《おお》くのお店《みせ》が、店先《みせさき》でできたてのものを売《う》って、食《た》べ歩《ある》きできるようになってる。

最初《さいしょ》の亀《かめ》モチも、この「たい焼《や》き　花丸《はなまる》」もそういうシステムみたい。

なにもたのまずに、話《はなし》だけきくというのは、ちょっと気《き》がひける。

「わたしは、白《しろ》あんで」

注文《ちゅうもん》してから、ミカちゃんと響《ひびき》くんをふり返《かえ》る。

2人《ふたり》はどうする？

「ピザにしてみようかな」

ミカちゃんが、つづけてたのむ。

「ホワイトソースにしてみます」

響《ひびき》くんも注文《ちゅうもん》する。

「はい、白《しろ》あんにピザにホワイトソースだね」

おばちゃんが、いせいよく注文《ちゅうもん》をくり返《かえ》す。

ふ、2人《ふたり》ともチャレンジャーだね。

このたい焼《や》き屋《や》さんは、ちょっと変《か》わっていて、中《なか》の具《ぐ》をいろいろと選《えら》べる。

注文《ちゅうもん》した以外《いがい》にも、野菜《やさい》ミックスやパイナップルに、ジャーマンポテトなんていうのもある。

わたしは、味《あじ》が想像《そうぞう》できる白《しろ》あんにしたけど、ミカちゃんのも響《ひびき》くんのも、どんな味《あじ》なのか、ぜんぜん予想《よそう》できない。

「あの、少《すこ》し話《はなし》をきかせてもらいたいんですが、よろしいですか？」

焼《や》き上《あ》がったたい焼《や》きを、受《う》けとりながら、さりげなく響《ひびき》くんがおばちゃんにきりだす。

そうだった。具《ぐ》の中身《なかみ》のことに気《き》を取《と》られて、かんじんなことをわすれそうになってたよ。

「なんだい？」

おばちゃんは、けげんそうな顔《かお》をする。

「じつは、この方《かた》が記憶喪失《きおくそうしつ》なんです」

「記憶喪失《きおくそうしつ》!?　そりゃあ大変《たいへん》だねぇ」

おばちゃんは、心配《しんぱい》げにミカちゃんを見《み》る。

「それで、記憶《きおく》の手《て》がかりを探《さが》してるんですが、どうやらこのお店《みせ》にきたことがあるようなんです」

「そりゃあまた……ん？　でもなんでこの店《みせ》にきたって、わかるんだい？」

おばちゃんは、目《め》をほそめる。

「レシートが残《のこ》っていたんです。1週間前《しゅうかんまえ》の土曜日《どようび》の、お昼頃《ひるごろ》なんですが」

響《ひびき》くんが、説明《せつめい》する。

もちろん、レシートというのはウソ。

防犯《ぼうはん》カメラのことは、さすがに話《はな》せないしね。勝手《かって》に見《み》ちゃったものだし。

「んんぅ……見覚《みおぼ》えはないねぇ」

おばちゃんは、ミカちゃんをじーっと見《み》つめてから、首《くび》を横《よこ》にふる。

「観光客《かんこうきゃく》も多《おお》いからねー。さすがに、お客《きゃく》さん1人《ひとり》1人《ひとり》は覚《おぼ》えてないよ。よっぽど記憶《きおく》に残《のこ》るような特徴《とくちょう》でもあれば、別《べつ》だけど。見《み》る限《かぎ》り、ふつうのお嬢《じょう》ちゃんみたいだからね」

おばちゃんは、もうしわけなさそうに、答《こた》える。

「いいえ、こちらこそ時間《じかん》をとらせてしまって、すみませんでした」

響《ひびき》くんは、ていねいに言《い》って、頭《あたま》を下《さ》げる。

「いいよー。こまったときは、助《たす》けあわなきゃね。……ん？　ちょうどいいところに、いい人間《にんげん》がい

るじゃないか。おーい、高畑《たかはた》さん！　ちょっとお待《ま》ちよ」

えっ？

おばちゃんが、わたしたちのうしろの、通《とお》りのほうを見《み》て言《い》う。

「なんだい？　こっちもいそがしいんだが」

男《おとこ》の人《ひと》の声《こえ》がして、わたしはふり返《かえ》る。

うしろに立《た》っていたのは、中年《ちゅうねん》の小太《こぶと》りの男《おとこ》の人《ひと》。

あれ？　この人《ひと》たしか……昨夜《さくや》、旅館《りょかん》で女将《おかみ》さんと話《はな》していた。

そうだ。まちがいない。

響《ひびき》くんも気《き》づいたみたい。ミカちゃんは、あのときはなれてたから、気《き》づいてないらしい。

「ちょっと、相談《そうだん》にのってやりなよ。この子《こ》たちが困《こま》ってるらしいんだ。……こう見《み》えて、この人《ひと》、この島《しま》の観光協会《かんこうきょうかい》の会長《かいちょう》なんだよ。たよっちゃいな」

おばちゃんが、どんどんと話《はなし》をすすめる。

「こう見《み》えて、はよけいだよ。観光協会会長《かんこうきょうかいかいちょう》の高畑《たかはた》です。なにかおこまりですか？」

男《おとこ》の人《ひと》——高畑《たかはた》さんはそう言《い》って、人《ひと》のよさそうな笑《え》みをうかべる。

どうしよう？　というわたしの視線《しせん》に、響《ひびき》くんはすぐに方針《ほうしん》を決《き》める。

高畑《たかはた》さんに、さっきおばちゃんに話《はな》したのと、同《おな》じことを説明《せつめい》する。

観光協会長《かんこうきょうかいかいちょう》なら、力《ちから》になってもらえると思《おも》ったのかな。

旅館《りょかん》の女将《おかみ》さんとも話《はな》していたし、顔《かお》も広《ひろ》そうだもんね。

「なるほどね……。そりゃ、おこまりでしょう。なにか手伝《てつだ》えればいいが……そうだ！」

話《はなし》をきき終《お》えた高畑《たかはた》さんは、ポンッと拳《こぶし》で手《て》のひらをうつ。

「これでも島《しま》のいろいろなところに、顔《かお》がきくんです。お嬢《じょう》ちゃんの写真《しゃしん》を撮《と》らせてもらえるなら、仕事《しごと》で行《い》ったときに、見《み》かけたことがないか、確認《かくにん》してあげるよ」

それはいいかも！

わたしたちは、島《しま》の地理《ちり》にはくわしくない。

島《しま》には3日間《かかん》の予定《よてい》できているから、その間《あいだ》に行《い》ける場所《ばしょ》だって、限《かぎ》られてるだろうし。

響《ひびき》くんは、思案《しあん》げな顔《かお》をしてから、ミカちゃんのほうを見《み》る。

「ミカさん。写真《しゃしん》を撮《と》るのは大丈夫《だいじょうぶ》ですか？」

「それぐらいなら、べつにかまわないです」

ミカちゃんは、うなずく。

「それでは高畑《たかはた》さん。お願《ねが》いします。ただ、ミカさんが記憶喪失《きおくそうしつ》だということは、ふせておいてもらえますか」

「かまわないよ。話《はな》してまわるようなことでも、ないからね」

高畑《たかはた》さんは、こころよくオーケーしてくれる。

ミカちゃんの写真《しゃしん》を、スマホで撮《と》ると、高畑《たかはた》さんは「次《つぎ》の仕事《しごと》があるから」と去《さ》っていった。

「どうして、高畑《たかはた》さんに記憶喪失《きおくそうしつ》のこと、口止《くちど》めしたの？」

わたしは高畑《たかはた》さんがいなくなってから、小声《こごえ》で響《ひびき》くんにたずねる。

「ミカさんは、なにものかにおそわれています。なにが原因《げんいん》かは、まだわかりませんが、もし島《しま》にその理由《りゆう》があった場合《ばあい》、こちらの手《て》の内《うち》は、あまり明《あ》かしたくありません。だからといって、島《しま》での人脈《じんみゃく》はのがしたくない。ギリギリのところを譲歩《じょうほ》した案《あん》です」

響《ひびき》くんは、たい焼《や》きをかじりながら、説明《せつめい》してくれる。

そっか。

おそわれたこと、すっかりわすれてた。

ううん。もちろん頭《あたま》の中《なか》にはあった。

だけど、どこか今《いま》の記憶《きおく》の手《て》がかりさがしとは関係《かんけい》ないって、思《おも》っちゃってた。

しかも、響《ひびき》くんはおそわれたことを、ぐうぜんではなくて、ねらわれた可能性《かのうせい》を考《かんが》えてるんだ！

わたしも、気《き》を引《ひ》きしめなきゃ。

「……ところで、響《ひびき》くん。そのたい焼《や》き、おいしいの？」

パクパクと響《ひびき》くんが食《た》べている、ホワイトソースたい焼《や》きを見《み》る。

「ええ、ベシャメルソースのコクがあって、なかなかおいしいですよ」

「そ、そうなんだ……」

響《ひびき》くんの、固定観念《こていかんねん》にとらわれないところが、いいのかも。

そんなことを思《おも》いつつ、わたしは響《ひびき》くんたちといっしょに、商店街《しょうてんがい》をあとにした。

10 不審《ふしん》な男《おとこ》

わたしたちは商店街《しょうてんがい》を出《で》ると、島《しま》の観光案内《かんこうあんない》パンフレットを片手《かたて》に、歩《ある》いていた。

「ミカさんの記憶《きおく》の手《て》がかりを探《さが》すためにも、島《しま》の名所《めいしょ》は、ひととおり見《み》てまわりましょう」

響《ひびき》くんが、提案《ていあん》する。

「そうだよね。観光地《かんこうち》のどこかに寄《よ》ってたら、なにか思《おも》い出《だ》すかも。ミカちゃんも、いい？」

「はい、よろしくお願《ねが》いします」

ミカちゃんは、遠慮《えんりょ》がちに頭《あたま》を下《さ》げる。

高畑《たかはた》さんにも、たのんだけど、自分《じぶん》たちのできることは、しておきたいもんね。

そんなわけで、わたしたちは島《しま》の観光地《かんこうち》をめぐることにした。

「島《しま》が見《み》わたせる展望台《てんぼうだい》に、あじさい畑《ばたけ》のある公園《こうえん》も行《い》ったけど、次《つぎ》はどこに行《い》こうか？」

わたしは島《しま》のパンフレットを見《み》ながら、響《ひびき》くんとミカちゃんにきく。

ここまで見《み》てまわったところでは、手《て》がかりはとくに得《え》られなかった。

「ここ、人《ひと》が多《おお》いけど、この通《とお》りって、どこにつながってるんですか？」

スマホを見《み》ていたミカちゃんが、顔《かお》をあげてきいてくる。

たしかに、人通《ひとどお》りが多《おお》い。

「この先《さき》は……神社《じんじゃ》みたいだね。え〜と……どんな神社《じんじゃ》かは……」

パンフレットを確認《かくにん》しつつ、わたしは答《こた》える。

「この島《しま》の観光《かんこう》の目玉《めだま》の1つですね」

響《ひびき》くんが、わたしより先《さき》に説明《せつめい》してくれる。

その手《て》にはパンフレットなんて、もちろんない。

どうやら、島《しま》のことはあるていどは、暗記《あんき》しちゃっているみたい。

わたしもパンフレットの内容《ないよう》は、映像記憶《えいぞうきおく》になっているけど、頭《あたま》の中《なか》で映像《えいぞう》を思《おも》い出《だ》すよりは、手《て》にパンフレットを持《も》って、めくったほうが早《はや》いんだよね。

パンフレットが手《て》もとにないときは、便利《べんり》なんだけど。

朱色《しゅいろ》の鳥居《とりい》の前《まえ》で、おじぎをしてくぐって、石段《いしだん》をのぼっていく。

参道《さんどう》の真《ま》ん中《なか》は歩《ある》かないようにして、手水舎《ちょうずや》で手《て》と口《くち》を清《きよ》める。

響《ひびき》くんは、なれた様子《ようす》だったし、わたしも知識《ちしき》はあったから、作法通《さほうどお》りにする。

ミカちゃんが、手水舎《ちょうずや》の手前《てまえ》でとまどっていたから、わたしがやり方《かた》を教《おし》えてあげた。

たしかに、神社《じんじゃ》でのこまかい作法《さほう》って、あんまり知《し》らないよね。

今《いま》も、手水舎《ちょうずや》を素通《すどお》りしていく観光客《かんこうきゃく》も多《おお》いし。

ミカちゃんも清《きよ》め終《お》わると、3人《にん》で境内《けいだい》にすすむ。

「ここの神社《じんじゃ》のご神体《しんたい》は、亀《かめ》のかたちをしてるんだって」

わたしは、パンフレットの内容《ないよう》を読《よ》みあげる。

「それで、亀《かめ》モチだったんだ」

ミカちゃんが、納得《なっとく》したようにうなずいてる。

亀《かめ》モチは、かなりこだわって、亀《かめ》の甲羅《こうら》っぽくしてあったもんね。ご神体《しんたい》がモデルなら、そのこだわりもわかるかも。

でも、ご神体《しんたい》をおモチにして、売《う》り出《だ》すのって、罰当《ばちあ》たりにならないのかな？　なんて、ちょっと心配《しんぱい》になるけど。

「ご神体《しんたい》は重量《じゅうりょう》200キロ、純金製《じゅんきんせい》だって。……すごいっ！」

つづけてパンフレットに書《か》かれているのを見《み》て、わたしはびっくりする。

純金《じゅんきん》で200キロって、すごい価値《かち》だよね。

この島《しま》って、お金持《かねも》ちだったの？

「江戸時代《えどじだい》、島《しま》で金《きん》がとれたころに、つくられたもののようですね」

響《ひびき》くんが、境内《けいだい》に立《た》てられた、説明文《せつめいぶん》の書《か》かれた案内板《あんないばん》を見《み》ている。

ご神体《しんたい》についての説明《せつめい》が書《か》いてあるみたい。

ミカちゃんといっしょに、響《ひびき》くんのとなりに行《い》く。

「公開《こうかい》は年《ねん》に1度《ど》、秋《あき》にだけ……だって。残念《ざんねん》」

「しかたがないですよ。数年《すうねん》に1度《ど》しか、ご神体《しんたい》を公開《こうかい》しない神社《じんじゃ》もめずらしくないですから」

響《ひびき》くんが、なぐさめるように言《い》う。

そんなことを話《はな》していると、ふと視線《しせん》を感《かん》じる。

なんだろう？　だれかに見《み》られているような……。

視線《しせん》の感《かん》じたほうを見《み》ると、短《みじか》い茶髪《ちゃぱつ》の若《わか》い男《おとこ》の人《ひと》が、おどろいた顔《かお》をして立《た》ちすくんでいた。

こっちを見《み》てる……ううん。

ミカちゃんを、見《み》てる？

そう思《おも》ったのと、茶髪《ちゃぱつ》の男《おとこ》の人《ひと》と目《め》があったのは、同時《どうじ》だった。

そのとたん、男《おとこ》の人《ひと》はきびすを返《かえ》して、神社《じんじゃ》の裏手《うらて》に走《はし》りだす。

「響《ひびき》くん！」

わたしが言《い》うより先《さき》に、響《ひびき》くんは走《はし》りだしていた。

響《ひびき》くんも、男《おとこ》の人《ひと》に気《き》づいていたらしい。

「咲希《さき》さんは、ミカさんといっしょに、ここにいてください！」

走《はし》りながら、響《ひびき》くんがさけぶ。

響《ひびき》くんも、神社《じんじゃ》の裏手《うらて》に走《はし》っていき、姿《すがた》が見《み》えなくなる。

「な、なに？　どうしたの？」

急《きゅう》なことに、ミカちゃんがおびえたように、青《あお》ざめて、両手《りょうて》で自分《じぶん》をだくようにしている。

その体《からだ》が、小刻《こきざ》みにふるえる。

「大丈夫《だいじょうぶ》だよ、ミカちゃん。ちょっと、あっちで休《やす》んでようか」

わたしはミカちゃんの肩《かた》に手《て》をまわして、神社内《じんじゃない》にある、ベンチにつれていく。

ベンチにすわらせると、ミカちゃんは少《すこ》し落《お》ちついたらしい。

飲《の》み物《もの》でも買《か》ってきたいところだけど、今《いま》、ミカちゃんのそばを、はなれるわけにはいかない。

あの男《おとこ》の人《ひと》が、なにものかもわからないし。

「……さっきの人《ひと》、わたしの知《し》り合《あ》いなんでしょうか」

ミカちゃんが、きいてくる。

「なにか思《おも》い出《だ》したの？」

「ぜんぜん。ただ、わたしを見《み》て、おどろいていたように見《み》えたから」

ミカちゃんも、あの男《おとこ》の人《ひと》に気《き》づいてたんだ。

そうだよね。あんなにじーっと見《み》られたら、気《き》づくよね。

「どうだろうね？　ただ、知《し》り合《あ》いに似《に》てただけかもしれないし」

わたしは、あえてちがう可能性《かのうせい》を言《い》ってみる。

男《おとこ》の人《ひと》の反応《はんのう》からすると、ただの知《し》り合《あ》いという感《かん》じじゃなかった。

どちらかというと、ミカちゃんをおそったほうの可能性《かのうせい》があるんだよね……。

でも、そんなよけいな心配《しんぱい》をさせたくない。

せっかく、記憶《きおく》の手《て》がかりを見《み》つけようとしてるのに、逆効果《ぎゃくこうか》になるかもしれないし。

しばらくして、響《ひびき》くんが息《いき》を切《き》らして、もどってきた。

「はあはあ……ほそい道《みち》に入《はい》られてしまって、途中《とちゅう》で見失《みうしな》いました」

響《ひびき》くんは、わたしたちの前《まえ》までくると、報告《ほうこく》する。

「しょうがないよ。おつかれさま、響《ひびき》くん」

わたしは、響《ひびき》くんにミカちゃんをまかせて、近《ちか》くの自動販売機《じどうはんばいき》で飲《の》み物《もの》を買《か》ってくる。

もどってきて、２人《ふたり》にジュースの缶《かん》をわたす。

「でも、あの男《おとこ》の人《ひと》は、いったい、だれだったんだろう？」

響《ひびき》くんにたずねてみる。

「逃《に》げた、というのが気《き》になりますね。道《みち》にくわしいようだったから、観光客《かんこうきゃく》ではなく、この島《しま》の住民《じゅうみん》かもしれない……」

響《ひびき》くんは考《かんが》えこんで、それ以上《いじょう》なにも言《い》わなくなった。

ミカちゃんのことを気《き》にして、あまり言《い》わないようにしてるのかも。

逃《に》げた……か。

そうなんだよね。なにも関係《かんけい》がないなら、逃《に》げる必要《ひつよう》なんてない。

まして、強面《こわもて》の大人《おとな》とかならともかく、追《お》いかけたのは響《ひびき》くんだ。

うしろめたいことが、あったんじゃないかって、どうしても考《かんが》えちゃう。

「……さあ、まだ時間《じかん》も早《はや》いですし、気《き》をつけつつ、ほかの場所《ばしょ》も見《み》てまわりましょうか」

ジュースを飲《の》み終《お》えると、響《ひびき》くんが気《き》をとりなおすように言《い》う。

「観光《かんこう》をつづけても大丈夫《だいじょうぶ》？」

わたしは、響《ひびき》くんに小声《こごえ》できく。

もしかすると、ミカちゃんをおそった犯人《はんにん》が……？

「いいえ。観光客《かんこうきゃく》も多《おお》いですし、そういう可能性《かのうせい》は低《ひく》いと思《おも》います。それにさっきの相手《あいて》が、ミカさんをおそった相手《あいて》と決《き》まったわけでも、ないですから」

「そっか……そうだよね」

記憶《きおく》の手《て》がかりを探《さが》しにきたのに、旅館《りょかん》の部屋《へや》にこもってるだけっていうわけには、いかないよね。

「それじゃあ、次《つぎ》は海《うみ》のほうに行《い》ってみようか。せっかくの島《しま》だもんね。どうかなミカちゃん」

わたしは、ミカちゃんに提案《ていあん》する。

「はい、行《い》ってみたいです」

ミカちゃんは、わずかに笑《え》みをうかべて、うなずく。

「じゃあ決《き》まりでいいかな？」

「もちろん。行《い》きましょう」

響《ひびき》くんの意見《いけん》もそろったし、海《うみ》にむかおう！

まだ泳《およ》げる季節《きせつ》じゃないけど、やっぱり海辺《うみべ》には行《い》ってみたいもんね。

11 キラキラの海鮮丼《かいせんどん》！

海岸《かいがん》には、ちらほらと人《ひと》がいた。
砂浜《すなはま》を歩《ある》く、カップルや家族連《かぞくづ》れの姿《すがた》が見《み》える。
まだ泳《およ》げないから、波打《なみう》ちぎわで遊《あそ》ぶぐらいだけど。
わたしたちは、海岸沿《かいがんぞ》いの道路《どうろ》を、歩《ある》いていく。
潮《しお》の香《かお》りが、鼻《はな》をくすぐる。
フェリーに乗《の》ってたときは、真《ま》っ暗《くら》で海《うみ》は見《み》えなかったし。
ちゃんと島《しま》の海《うみ》を間近《まぢか》に見《み》られたのは、これがはじめて。
きれいなブルーで、遠《とお》くに漁船《ぎょせん》らしき船《ふね》も見《み》える。
……と思《おも》っていると、魚《さかな》の焼《や》けるいいにおいが、どこからかただよってくる。
わたしが、思《おも》わずキョロキョロとすると、グーッとお腹《なか》がなる。

あっと思《おも》って、顔《かお》を上《あ》げると響《ひびき》くんと目《め》があう。

「そろそろ、お腹《なか》がすきましたしね」

響《ひびき》くんが笑《わら》っている。

ううぅ……。

食《く》いしん坊《ぼう》と思《おも》われたかなぁ……？

でも、お昼《ひる》どきに、この焼《や》き魚《ざかな》のいいにおいは、反則《はんそく》だと思《おも》うんだ。

海《うみ》の近《ちか》くは、魚介類《ぎょかいるい》の料理屋《りょうりや》さんが、多《おお》くならんでいる。

せっかくだし、魚《さかな》が食《た》べたいよね。

だけど、みんな同《おな》じ考《かんが》えなのか、どこも観光客《かんこうきゃく》が行列《ぎょうれつ》してる。

「どこかに、すいてるところが、あればいいんだけど」

「あそこのお店《みせ》は、どうかな？」

ミカちゃんが、海岸沿《かいがんぞ》いの通《とお》りから、1本入《ぼんはい》った小道《こみち》に、料理屋《りょうりや》さんの看板《かんばん》を見《み》つける。

「海鮮丼《かいせんどん》あります」という旗《はた》が立《た》っている。

人《ひと》がならんでる様子《ようす》がない。チャンスかも！

「行《い》ってみましょうか」

響《ひびき》くんがうなずき、3人《にん》で小道《こみち》に入《はい》る。

ガラガラガラ、と横開《よこびら》きのドアを開《あ》けると、こぢんまりとした店内《てんない》に、お客《きゃく》さんが満席近《まんせきちか》く入《はい》っていた。

「いらっしゃい。3人《にん》かい？」

カウンターの奥《おく》にいた、はちまきに調理用《ちょうりよう》の白衣《はくい》を着《き》たおじさんが、声《こえ》をかけてくる。

顔《かお》は強面《こわもて》だけど、声《こえ》の調子《ちょうし》は気《き》さくな雰囲気《ふんいき》だ。

「はい。すわれますか？」

でも、ところどころ席《せき》は空《あ》いてるけど、3人《にん》いっしょにすわれるところはなさそう。

「いいよ。おれたち、こっちにうつるから。ここすわんなよ」

4人《にん》がけのテーブルにすわっていた、2人組《ふたりぐみ》の30代《だい》ぐらいの男《おとこ》の人《ひと》たちが、声《こえ》をかけてくる。

2人《ふたり》とも日焼《ひや》けしていて、体《からだ》つきもたくましい。

2人《ふたり》は、食《た》べかけのどんぶりを手《て》に持《も》って、となりの4人《にん》がけのテーブルに、移動《いどう》する。

そちらにも、先《さき》に似《に》たように日焼《ひや》けした、中年《ちゅうねん》のおじさん2人《ふたり》がすわっていたけど、なにも言《い》わない。知《し》り合《あ》いなのかも。

もしかして、4人《にん》ともこの島《しま》の人《ひと》なのかな？

雰囲気《ふんいき》から、そんな感《かん》じがする。

よく見《み》ると、お店《みせ》のお客《きゃく》さんのほとんどが、地元《じもと》の人《ひと》っぽい。

ラフな服装《ふくそう》や、なじんだ雰囲気《ふんいき》を見《み》ていると、漁師《りょうし》さんとか、近《ちか》くで働《はたら》く人《ひと》たちなのかも。

「島《しま》の人《ひと》たちが、集《あつ》まるお店《みせ》みたいですね」

響《ひびき》くんも同《おな》じことを思《おも》ったらしく、小声《こごえ》で言《い》ってくる。

わたしたちは、空《あ》けてもらった4人《にん》がけテーブルに、すわる。

メニューは、壁《かべ》にはった紙《かみ》に書《か》かれていて、とくにメニュー表《ひょう》みたいなものは、テーブルにはおいてない。

でも、注文《ちゅうもん》はもう決《き》めてあるんだ。

たぶん、響《ひびき》くんとミカちゃんも、同《おな》じじゃないかな。

だって、このお店《みせ》のお客《きゃく》さん、ほとんど全員《ぜんいん》が海鮮丼《かいせんどん》を食《た》べてるんだもん。

どう考《かんが》えたって、オススメだよね。

しかも島《しま》の人《ひと》のなら、おいしいにちがいない。

「海鮮丼《かいせんどん》をお願《ねが》いします」

「同《おな》じものを」

「わたしも」

「はいよ！　海鮮丼《かいせんどん》3つだね！」

お店《みせ》のおじさんが、調子《ちょうし》よく注文《ちゅうもん》をうける。

「よくわかってるね。ここの海鮮丼《かいせんどん》は、一押《いちお》しだ。……まあ、ほかのもんは今一《いまひと》つなんだがな」

カウンター席《せき》にすわっていた、60代後半《だいこうはん》ぐらいのおじいさんが、ふりかえって話《はな》しかけてくる。

「今一《いまひと》つはよけいだ。そんなこと言《い》うなら、今後《こんご》おまえさんには海鮮丼《かいせんどん》は出《だ》してやらんからな」

お店《みせ》のおじさんが、ジロリとおじいさんをにらむ。

「いやいや。冗談《じょうだん》だよ。うん、海鮮丼《かいせんどん》以外《いがい》にもうまいものもある。……たぶん」

おじいさんの最後《さいご》の言葉《ことば》は、かなり小声《こごえ》で、お店《みせ》のおじさんにはきこえなかったらしい。

それ以上《いじょう》はなにも言《い》わずに、調理《ちょうり》に集中《しゅうちゅう》している。

しばらく待《ま》っていると、

「ほら、海鮮丼《かいせんどん》3つだ」

カウンターから出《で》てきて、お店《みせ》のおじさんが、海鮮丼《かいせんどん》をわたしたちのすわるテーブルにおく。

「うわぁ……」

わたしは、その海鮮丼《かいせんどん》を見《み》て、思《おも》わず声《こえ》をもらす。

マグロ、ブリ、いくら、甘《あま》エビが盛《も》りつけられて、どれもがキラキラとかがやいて見《み》える。

う〜〜ん、おいしそうっ!!

『いただきますっ!』

響《ひびき》くん、わたし、ミカちゃんは、手《て》をあわせると、さっそく海鮮丼《かいせんどん》にはしをのばす。

ひと口《くち》食《た》べると、口《くち》の中《なか》で、マグロがとろけるように広《ひろ》がっていく。

響《ひびき》くんもミカちゃんも、味《あじ》をかみしめるように堪能《たんのう》してる。

「ふうぅ……お腹《なか》いっぱい」

海鮮丼《かいせんどん》を食《た》べ終《お》わり、わたしはお茶《ちゃ》を飲《の》みながら、ひと息《いき》つく。

響《ひびき》くんも満足《まんぞく》げ。

「ちょっと、お手洗《てあら》いにいってきます」

ミカちゃんが、カバンを持《も》って立《た》ちあがる。

その間《あいだ》に、わたしは響《ひびき》くんと次《つぎ》にまわる、島《しま》の観光《かんこう》スポットについて、パンフレットを見《み》ながら、話《はな》しあう。

「この先《さき》を少《すこ》しのぼったところに、海《うみ》が見《み》わたせる高台《たかだい》があるみたいです」

「ほんとだ。絶景《ぜっけい》スポットって、パンフレットにも書《か》いてあるね。次《つぎ》はここに行《い》ってみようか。

ミカちゃんにもきいてみなくちゃ、だけど」

響《ひびき》くんとわたしは、目的地候補《もくてきちこうほ》を決《き》めて、うなずきあう。

……あれ？

そういえば、もう15分《ふん》はたつのに、ミカちゃんがトイレから、もどってない。

ちょっと、おそいかも。

「響《ひびき》くん。ミカちゃんの様子《ようす》、見《み》てくるね」

具合《ぐあい》が悪《わる》くなってたりしたら、大変《たいへん》だし。

そんな様子《ようす》はなかったけど、まだ、ケガから治《なお》ったばかりだしね。

トイレはお店《みせ》の奥《おく》に、男女別《だんじょべつ》に1つずつある。

「ミカちゃん、大丈夫《だいじょうぶ》？」

わたしは声《こえ》をかけながら、女子《じょし》トイレのドアをノックする。

……少《すこ》し待《ま》ったけど、返事《へんじ》がない。

まさか、本当《ほんとう》に倒《たお》れてたりとか……。

わたしは、トイレのドアをあらためて見《み》て、ふと気《き》づく。

カギがかかってない。

中《なか》からカギがかけてあれば、ドアノブに赤《あか》い表示《ひょうじ》が出《で》るはず。なのに、青《あお》い表示《ひょうじ》が出《で》てる。

ということは……。

ドアノブを持《も》って、まわしてみると――開《あ》いてる！

「開《あ》けるよ、ミカちゃん」

声《こえ》をかけてから、ドアを開《あ》ける。

ウソッ！

女子《じょし》トイレの中《なか》に、だれもいない。

ミカちゃん、どこいったの？

わたしは、女子《じょし》トイレから出《で》る。

とりあえず、響《ひびき》くんにこのことを……ん？

女子《じょし》トイレから出《で》てみて、ふと気《き》づく。

男子《だんし》トイレのほかに、もう1つドアがある。

トイレのドアとちがい、ここだけカギがしめられるようになっている。

つまり、こっちが内側《うちがわ》？

わたしは、そのドアを開《あ》ける。
パアッ、太陽《たいよう》の日差《ひざ》しに、目《め》をほそめる。
ここ裏口《うらぐち》のドアだったんだ。
まさかミカちゃん、ここから外《そと》に出《で》ていったの？
でもなんで？
疑問《ぎもん》が頭《あたま》をめぐる。
それより、まずは響《ひびき》くんに報告《ほうこく》しなくちゃ。
そう思《おも》って、お店《みせ》の中《なか》にもどろうとしたときだ。
「――……っ！」
くぐもった女《おんな》の子《こ》の声《こえ》が、かすかにきこえた気《き》がして足《あし》を止《と》める。
今《いま》のは……悲鳴《ひめい》にようにきこえたけど……。
わたしは気《き》になって、声《こえ》がしたほうに、走《はし》りだす。
かんちがいかもしれない。でも、それならそれでいい。
そうじゃない可能性《かのうせい》が少《すこ》しでもあるなら、行《い》くべきだよね！
小道《こみち》を通《とお》りぬけ、べつの通《とお》りに出《で》る。

道路《どうろ》の右側《みぎがわ》に木々《きぎ》がしげっていて、地元《じもと》の人《ひと》もあまり通《とお》らないのか、人《ひと》がぜんぜんいない。

不気味《ぶきみ》さを感《かん》じつつも、さらに先《さき》に進《すす》んだところで、人《ひと》がいるのを見《み》つける。

道路《どうろ》の中央《ちゅうおう》に、3人組《にんぐみ》の男《おとこ》が立《た》っている。

しかも、黒《くろ》の覆面《ふくめん》をかぶっていて、いかにもあやしい。

「ミカちゃん！」

その3人組《にんぐみ》に、ミカちゃんが両手《りょうて》をつかまれている。

3人組《にんぐみ》の男《おとこ》が相手《あいて》。

わたし1人《ひとり》じゃ、とてもかなわないことは、わかってる……。

だけど、今《いま》助《たす》けに行《い》かなかったら、わたし……響《ひびき》くんの助手《じょしゅ》じゃないっ！

わたしは、ミカちゃんのもとに走《はし》りだす。

「このっ！」

覆面男《ふくめんおとこ》たちの不意《ふい》をついて、バッグでうしろからなぐりつける。

「うおっ、なんだこいつ！」

そのすきに、わたしはミカちゃんと男《おとこ》たちの間《あいだ》に、割《わ》って入《はい》る。

「ミカちゃん、大丈夫《だいじょうぶ》？」

「は、はい……」

ミカちゃんは、おびえたように、小声《こごえ》でうなずく。

もう大丈夫《だいじょうぶ》だよと言《い》いたいけど、とても言《い》える状況《じょうきょう》じゃない。

どうしたら……!?

「ふざけやがって！　だれだか知《し》らんが、まとめて連《つ》れていけ！」

覆面男《ふくめんおとこ》の1人《ひとり》が、のこりの2人《ふたり》に指示《しじ》を出《だ》す。

2人《ふたり》が、じりじりとわたしとミカちゃんに、近《ちか》づいてくる。

逃《に》げたとしても、すぐに追《お》いつかれる。

大声《おおごえ》を出《だ》す？　でも、さっきのミカちゃんの悲鳴《ひめい》にも、だれも気《き》づいた様子《ようす》がない。

このあたり、もともと人通《ひとどお》りがないのかも。

こんなとき、響《ひびき》くんならどうするだろう……!?

「おとなしくしろ！」

覆面男《ふくめんおとこ》が腕《うで》をのばして、わたしの肩《かた》をつかもうとする。

——と。

「ぎゃあああ、いたいいたいっ！」

突然《とつぜん》、うしろで指示《しじ》を出《だ》していた男《おとこ》が、悲鳴《ひめい》をあげた。

「——ぼくの連《つ》れに、なにをするつもりですか？」

そこには、真《ま》っ白《しろ》なジャケット姿《すがた》の響《ひびき》くんが、男《おとこ》の腕《うで》を逆手《さかて》に決《き》めて、立《た》っていた。

腕《うで》を決《き》められた男《おとこ》は、立《た》っていられずに、地面《じめん》にすわりこんでしまっている。

「このチビが！」

わたしたちにむかってた2人《ふたり》が、響《ひびき》くんのほうに走《はし》っていく。

「ぎゃあっ！」

腕《うで》を決《き》めていた男《おとこ》を、地面《じめん》にけりとばし、響《ひびき》くんはすばやく覆面男《ふくめんおとこ》2人《ふたり》に、むかっていく。

ぶつかる一瞬手前《いっしゅんてまえ》で、響《ひびき》くんは低《ひく》く身《み》をかがめると、覆面男《ふくめんおとこ》の1人《ひとり》の、ふところに飛《と》びこむ。

そのまま、流《なが》れるような動作《どうさ》で、響《ひびき》くんは覆面男《ふくめんおとこ》を背負《せお》いこむ。

くるんっ、と1回転《かいてん》して、男《おとこ》が地面《じめん》にたたきつけられる。

一本背負《いっぽんぜお》いだ！

「な、なんなんだ、おまえ！」

のこりの1人《ひとり》は、ひるんだように、響《ひびき》くんから距離《きょり》をとる。

「く、くそっ！」

最初《さいしょ》に腕《うで》を決《き》められた覆面男《ふくめんおとこ》が、腕《うで》をおさえながら、立《た》ちあがっている。

響《ひびき》くんと、男《おとこ》がにらみあう。

その間《あいだ》に、残《のこ》った1人《ひとり》が、投《な》げられた男《おとこ》に肩《かた》を貸《か》して、おきあがらせる。

じりじりと下《さ》がって、男《おとこ》と合流《ごうりゅう》すると、2人《ふたり》で肩《かた》を貸《か》して、走《はし》って逃《に》げだした。

「止《と》まれっ！」

響《ひびき》くんが、追《お》いかけようとした、そのとき。

「いたい……頭《あたま》が……われるみたい……」

ミカちゃんが、頭《あたま》をかかえて、わたしによりかかるように、地面《じめん》に倒《たお》れこんだ。

12 ミカちゃんの苦《くる》しみ

「ミカちゃん、大丈夫《だいじょうぶ》⁉　響《ひびき》くん！　ミカちゃんが……！」

わたしは、あわててミカちゃんを両手《りょうて》で支《ささ》えて声《こえ》をあげる。

響《ひびき》くんは足《あし》を止《と》めて、こちらに駆《か》けもどってきた。

「ケガ……ではなさそうですね」

響《ひびき》くんは、ミカちゃんの頭《あたま》を見《み》て、息《いき》をつく。

「でも、かなり痛《いた》がってるよ」

ミカちゃんは、顔《かお》をしかめて、つらそうにしてる。

なにが原因《げんいん》なんだろう？

なくした記憶《きおく》のせいなのかな、やっぱり。

「病院《びょういん》に、連《つ》れていきましょう。車《くるま》を用意《ようい》できないか、きいてきます」

響《ひびき》くんは、お店《みせ》のほうにもどっていく。

車《くるま》の手配《てはい》は、すぐにできた。

お店《みせ》にいたおじさんの1人《ひとり》が、車《くるま》できていたので、その車《くるま》で病院《びょういん》まで送《おく》ってもらえた。

島《しま》の中《なか》でも大《おお》きな総合病院《そうごうびょういん》で、ミカちゃんはすぐに、ストレッチャーで運《はこ》ばれていった。

15分《ふん》ほどして、看護師《かんごし》さんによばれて、響《ひびき》くんとわたしは処置室《しょちしつ》に入《はい》る。

ミカちゃんは、落《お》ちついたらしく、ベッドに横《よこ》になって眠《ねむ》っていた。

ミカちゃんを診《み》てくれた女医《じょい》さんから、話《はなし》をききたいと別《べつ》の部屋《へや》に案内《あんない》される。

あらためて見《み》ると、女医《じょい》さんは背《せ》が高《たか》くて、白衣姿《はくいすがた》の似合《にあ》う、かっこいい美人《びじん》。ちょっとうらやましいなぁ。

「外傷《がいしょう》はなかったよ。ただ、頭痛《ずつう》がひどかったようなので痛《いた》み止《ど》めの注射《ちゅうしゃ》をうった。鎮静作用《ちんせいさよう》もあるから、今《いま》は眠《ねむ》っている。看護師《かんごし》がきいた話《はなし》では記憶喪失《きおくそうしつ》ということだったが、本当《ほんとう》かな？」

女医《じょい》さんはさっぱりした口調《くちょう》で言《い》って、響《ひびき》くんとわたしを見《み》る。

ミカちゃんが連《つ》れていかれてすぐに、看護師《かんごし》さんから、ミカちゃんに持病《じびょう》などがないかと、質問《しつもん》されていた。

だから、記憶喪失《きおくそうしつ》のことは、すでに伝《つた》えてある。

「つい1週間前《しゅうかんまえ》のことです。全生活史健忘《ぜんせいかつしけんぼう》だと、診断《しんだん》されてます」

「そうか……なら、頭痛《ずつう》はそのせいかもしれないな」

女医《じょい》さんは、難《むずか》しい顔《かお》をして答《こた》える。

「記憶喪失《きおくそうしつ》の、ですか？」

「ああ。記憶《きおく》がもどりそうになって、脳《のう》が反応《はんのう》して頭痛《ずつう》を引《ひ》きおこしたのかもしれない。なにぶん、全生活史健忘《ぜんせいかつしけんぼう》は症例《しょうれい》が少《すく》ない。どういうことがおきるのかも、くわしくわからない場合《ばあい》が多《おお》いんだよ」

「それじゃあ、ミカちゃんの頭痛《ずつう》は……」

「それは心配《しんぱい》いらない。痛《いた》み止《ど》めがきいているようだし、あくまで一時的《いちじてき》なものだろう」

「そうですか……」

わたしは、ほっとする。

「君《きみ》たちは、島《しま》の外《そと》からの観光客《かんこうきゃく》かい？　いつ帰《かえ》る予定《よてい》？」

「明日《あした》です」

わたしは、女医《じょい》さんに答《こた》える。

「そうか。念《ねん》のため、帰《かえ》ったらもう一度病院《いちどびょういん》で、医者《いしゃ》にかかるように伝《つた》えてくれ」

「わかりました。そうします」

わたしはうなずく。

「とりあえず、今日《きょう》は入院《にゅういん》したほうがいい。手《て》つづきをしておこう」

女医《じょい》さんにまかせて、響《ひびき》くんとわたしは、病院《びょういん》の食堂《しょくどう》に行《い》く。

看護師《かんごし》さんに、警察《けいさつ》が事情《じじょう》をききにくる、という伝言《でんごん》をきいたから。

警察《けいさつ》への通報《つうほう》は、車《くるま》を出《だ》してもらったとき、店《みせ》の人《ひと》にしておいてもらったから、それでだろう。

病院《びょういん》の食堂《しょくどう》は、お昼《ひる》の時間《じかん》をだいぶすぎているけど、ときどき病院関係者《びょういんかんけいしゃ》らしき人《ひと》たちが、そそくさと食事《しょくじ》にやってきては、すばやくすませて、さっていく。

食事《しょくじ》の時間《じかん》も惜《お》しいみたい。

「まさかミカちゃんが、またおそわれるなんて……」

わたしは小声《こごえ》で、響《ひびき》くんに言《い》う。

予感《よかん》はあったけど、本当《ほんとう》におそわれたとなると、やっぱりショックは大《おお》きいよ。

「港《みなと》でミカさんが襲撃《しゅうげき》された事件《じけん》が、この島《しま》に関係《かんけい》している可能性《かのうせい》が上《あ》がりました……ただ、記《き》憶《おく》の手《て》がかりは依然《いぜん》、わからないままですね」

響《ひびき》くんは、けわしい顔《かお》をしてる。

「それが一番《いちばん》、知《し》りたいことなのに」

「ミカさんの記憶《きおく》がもどるのを待《ま》つのではなく、ミカさんをねらう者《もの》から探《さぐ》ったほうが、早《はや》いかもしれません」

え、ええっ⁉　襲撃者《しゅうげきしゃ》から？

「ええ。襲撃者《しゅうげきしゃ》なら、ミカさんについて、なにか知《し》っているでしょうから。とはいえ、そちらも手《て》がかりといえるほどのものは、残《のこ》していなさそうですが」

「そっか……犯人《はんにん》には、逃《に》げられちゃったもんね」

あのときは、響《ひびき》くんもそうするしかなかった。

苦《くる》しむミカちゃんを、ほうっておけないのは当然《とうぜん》だよね。

わたし1人《ひとり》で、ミカちゃんをかかえて、お店《みせ》まで助《たす》けをよびにもどるのは、むずかしかった。

それに、そのせいで手《て》おくれになったら、後悔《こうかい》だけじゃすまなかったもん。

そんなことを考《かんが》えていると、制服《せいふく》の警察官《けいさつかん》が、食堂《しょくどう》に姿《すがた》を見《み》せる。

ベテランの警察官《けいさつかん》と、若《わか》い警察官《けいさつかん》の2人組《ふたりぐみ》だ。

響《ひびき》くんとわたしを見《み》つけると、まっすぐにこちらにむかってくる。

「君《きみ》たちが、事件《じけん》の目撃者《もくげきしゃ》かい？」

若《わか》い警察官《けいさつかん》が、きいてくる。

「そうです。捜査《そうさ》に協力《きょうりょく》したいと思《おも》っています」

響《ひびき》くんはそう言《い》いながら、ジャケットの内《うち》ポケットに手《て》を入《い》れる。

「それは助《たす》かるよ。目撃証言《もくげきしょうげん》は重要《じゅうよう》だからね」

ベテランの警察官《けいさつかん》が、子《こ》どもにむけるやわらかな笑顔《えがお》になった。

だけど、つづく響《ひびき》くんの言葉《ことば》に、目《め》を丸《まる》くする。

「――ですので、そちらでつかんでいる情報《じょうほう》を、教《おし》えてもらえますか？」

ジャケットからとりだした手《て》を、つきつける。

その手《て》には**『特別捜査許可証《とくべつそうさきょかしょう》』**が握《にぎ》られていた。

2人《ふたり》の警察官《けいさつかん》に見《み》せるように、ゆっくりと開《ひら》く。

特別捜査許可証《とくべつそうさきょかしょう》――それは、警視総監《けいしそうかん》と警察庁《けいさつちょう》長官《ちょうかん》の連名《れんめい》での命令《めいれい》と、同《おな》じ権限《けんげん》が与《あた》えられる、

警察《けいさつ》の捜査《そうさ》へ口《くち》を出《だ》せる、たった1つのフリーパス。

響《ひびき》くんの師匠《ししょう》である、名探偵《めいたんてい》・小笠原源馬《おがさわらげんま》から、響《ひびき》くんにたくされたものなんだよね。

「それがいったい………えっ、いや、まさか……」

ベテランの警察官《けいさつかん》の顔色《かおいろ》が、だんだんと変《か》わっていく。

「し、失礼《しつれい》しました！　どうぞご質問《しつもん》ください。わかるかぎり、お答《こた》えいたします」

ベテランの警察官《けいさつかん》が、ビシッと敬礼《けいれい》をしながら、あわてたように言《い》う。

そのただごとじゃない様子《ようす》に、若《わか》い警察官《けいさつかん》も「まさか、あのウワサは本当《ほんとう》だったのか？」ととまどった顔《かお》をしたまま、敬礼《けいれい》をする。

「そんなにかしこまらないでください。情報《じょうほう》を共有《きょうゆう》しましょう」

響《ひびき》くんは、警察官《けいさつかん》の2人《ふたり》に言《い》うと、捜査《そうさ》状況《じょうきょう》をきく。

だけど、ほとんど進展《しんてん》はないらしい。

わたしたち以外《いがい》には、逃《に》げていく覆面《ふくめん》3人組《にんぐみ》を見《み》たという、目撃情報《もくげきじょうほう》が1つだけ。

それも、おそわれた場所《ばしょ》のすぐ近《ちか》くだから、あまり参考《さんこう》にはならないかも。

「引《ひ》きつづき、ききこみをお願《ねが》いできますか」

「もちろんです！」

2人《ふたり》の警察官《けいさつかん》は、響《ひびき》くんの言葉《ことば》に、背《せ》すじをのばして敬礼《けいれい》をする。

かしこまらないように言《い》っても、どうやら2人《ふたり》にはむずかしいみたい。

ある意味《いみ》、響《ひびき》くんはえらい上司《じょうし》、みたいなことになるんだろうか。

響《ひびき》くんとわたしは、おそわれたときの話《はなし》を、2人《ふたり》の警察官《けいさつかん》にきいてもらう。

2人《ふたり》とも、熱心《ねっしん》にメモをとっていたから、たぶん、大丈夫《だいじょうぶ》。

そのまま、ききこみにもどると言《い》って、はりきって2人《ふたり》は食堂《しょくどう》から出《で》ていった。

それと入《い》れかわるように、ミカちゃんが姿《すがた》を見《み》せる。

そのとなりには、さっきの女医《じょい》さんがいた。

「ミカちゃん、大丈夫《だいじょうぶ》なの？」

わたしは、ミカちゃんにかけよる。

「うん。さっきは助《たす》けてくれて、ありがとう」

助《たす》けたのは響《ひびき》くんだけどね。

わたしは、間《あいだ》に入《はい》って、かばうことぐらいしか、できなかったから。

「入院《にゅういん》させるつもりだったが、本人《ほんにん》が大丈夫《だいじょうぶ》だと言《い》いはるんだ」

女医《じょい》さんは、こまったように苦笑《にがわら》いする。

「もう頭痛《ずつう》もおさまったので。すみません」

「あやまらなくても、いいんだけどね」

「やっぱり、大事《だいじ》をとって、入院《にゅういん》したほうがいいんじゃ……」

「ちょっと頭《あたま》が痛《いた》くなっただけだから。頭《あたま》を打《う》ったわけでもないし」

外傷《がいしょう》はないって話《はなし》だったし、ミカちゃんの言《い》うとおり、頭《あたま》を打《う》ったりもしてなかった。

なら、大丈夫《だいじょうぶ》なのかなぁ。

「本当《ほんとう》は一晩《ひとばん》泊《と》まっていってほしいけど、事情《じじょう》が事情《じじょう》だし、本人《ほんにん》の意思《いし》を尊重《そんちょう》するとしよう」

女医《じょい》さんが、しかたがないという顔《かお》で、うなずく。

「なにかあったら、病院《びょういん》にくるようにね。今日《きょう》は夜勤《やきん》だから、夜《よる》でもかまわないよ」

女医《じょい》さんは、気《き》さくに言《い》って、べつの患者《かんじゃ》さんのところへ、歩《ある》いていった。

「それじゃあ、旅館《りょかん》にもどろうか」

わたしは、響《ひびき》くんとミカちゃんといっしょに、旅館《りょかん》に帰《かえ》ることにする。

さすがに、今日《きょう》は記憶《きおく》の手《て》がかり探《さが》しはつづけられないし。

そういえば病院《びょういん》の治療費《ちりょうひ》は、響《ひびき》くんの連絡《れんらく》で、琴音《ことね》が払《はら》うことになっているんだって。

はなれたところにいても、琴音《ことね》はたよりになるよね。

13 不思議《ふしぎ》な2人組《ふたりぐみ》

旅館《りょかん》にもどると、ロビーに、観光協会会長《かんこうきょうかいかいちょう》の高畑《たかはた》さんが待《ま》っていた。たい焼《や》き屋《や》さんの前《まえ》で会《あ》ってから、まだ5時間《じかん》ぐらいしかたっていないけど、なんだか、すごく前《まえ》のことの気《き》がする。

「おいおい、大変《たいへん》だったらしいじゃないか！」

高畑《たかはた》さんは、心配《しんぱい》そうな顔《かお》で、わたしたちに声《こえ》をかけてくる。

さすが島《しま》の実力者《じつりょくしゃ》だけあって、もう事件《じけん》のことを知《し》っているらしい。

「大丈夫《だいじょうぶ》なのかい？」

高畑《たかはた》さんが、ミカちゃんの顔《かお》をうかがうように見《み》る。

「はい、この2人《ふたり》のおかげで、ケガもなかったですから」

ミカちゃんは、響《ひびき》くんとわたしを見《み》て、大《おお》きくうなずく。

「それは、不幸中《ふこうちゅう》の幸《さいわ》いだな。それにしても、この島《しま》に、そんな悪《わる》いやつがいるとは、思《おも》いたくはないんだがなぁ」

高畑《たかはた》さんは、腕《うで》を組《く》んで、しぶい顔《かお》をしてる。

「それでわざわざ、心配《しんぱい》して、きてくださったんですか？」

響《ひびき》くんが、高畑《たかはた》さんにたずねる。

「いや。それもあるが、たのまれていたほうのことだよ。わかったことがあったから報告《ほうこく》にきたんだ」

高畑《たかはた》さんにたのんでいたことといえば……。

ミカちゃんの記憶《きおく》の手《て》がかり？

「なにか、わかったんですか⁉」

わたしは、身《み》をのりだす。

「展望台近《てんぼうだいちか》くにある、喫茶店《きっさてん》のマスターが、先週《せんしゅう》、この子《こ》のことを、客《きゃく》として見《み》かけたそうだよ。なにやら、若《わか》い男《おとこ》と口《くち》ゲンカしていたらしく、記憶《きおく》に残《のこ》っていたそうだ」

喫茶店《きっさてん》……。

そこで、若《わか》い男《おとこ》といっしょにいたっていうことだよね？

いったい、どういうことなんだろう。

ミカちゃんを、ふり返《かえ》る。

今《いま》の話《はなし》をきいて、なにか思《おも》い出《だ》したりは……しないみたい。顔《かお》をくもらせて首《くび》を横《よこ》にふってる。

「とにかく、すぐに、その喫茶店《きっさてん》のマスターに、話《はなし》をききにいきましょう」

響《ひびき》くんが、腕時計《うでどけい》を見《み》ながら言《い》う。

まだ3時半《じはん》すぎ。

「すぐに行《い》くなら、マスターには連絡《れんらく》をいれておくよ」

「助《たす》かります。……それと、ミカさんは宿《やど》でゆっくりしていてください」

響《ひびき》くんは、ミカちゃんにむけて言《い》う。

「病院《びょういん》の先生《せんせい》も、安静《あんせい》にしているように言《い》っていたもんね。ゆっくりしてて」

わたしは、ミカちゃんの肩《かた》に、やさしく手《て》をかける。

ミカちゃんは、少《すこ》し考《かんが》えてから、素直《すなお》にうなずいた。

「……ありがとうございます。そうさせてもらいます」

部屋《へや》にもどるミカちゃんを、わたしは送《おく》っていく。

ロビーにもどると、すでに高畑《たかはた》さんは帰《かえ》っていた。

響《ひび》くんとわたしは、そろって旅館《りょかん》を出《で》た。

喫茶店《きっさてん》の場所《ばしょ》は、高畑《たかはた》さんに地図《ちず》つきで教《おし》えてもらったから大丈夫《だいじょうぶ》。

展望台《てんぼうだい》には、午前中《ごぜんちゅう》に行《い》ったから、だいたいわかるかな。

旅館《りょかん》からは、歩《ある》いて30分《ぷん》。

迷《まよ》うことなく、喫茶店《きっさてん》につくことができた。


「いらっしゃいませ」

お店《みせ》に入《はい》ると、カウンターの奥《おく》にいた女《おんな》の人《ひと》が、むかえてくれる。

40代《だい》ぐらいかな？　髪《かみ》をまとめて、白《しろ》いワイシャツがよく似合《にあ》っている。

カウンターの中《なか》に、ほかのスタッフはいない。

あの人《ひと》がマスターみたい。

マスターというから、男性《だんせい》かと思《おも》っていたけど、女《おんな》の人《ひと》でちょっとびっくり。

店内《てんない》はそれほど広《ひろ》くないけれど、ゆったりとした音楽《おんがく》が流《なが》れて、静《しず》かないい雰囲気《ふんいき》のお店《みせ》だ。

店内《てんない》にはお客《きゃく》さんは2人《ふたり》しかいない。

「すみません、高畑《たかはた》さんに、お話《はなし》をきいたのですが」

響《ひびき》くんが、マスターに言《い》う。

「ああ、高畑《たかはた》さんの。こちらの席《せき》にどうぞ。夜《よる》のバーの時間《じかん》まで、そんなにお客《きゃく》さんもきませんから」

それだけで、マスターは事情《じじょう》を理解《りかい》してくれて、カウンター席《せき》をすすめてくれる。

「さっそくなんですが、あなたが見《み》たというのは、この女《おんな》の子《こ》でまちがいないですか？」

響《ひびき》くんは、スマホにミカちゃんの写真《しゃしん》を出《だ》して、マスターに見《み》せる。

「……ええ、そうね。この子《こ》だったわ。ちょっと印象《いんしょう》に残《のこ》っていたから」

「いつのことだったかは、おぼえていますか？」

マスターが、思《おも》い出《だ》すように少《すこ》し考《かんが》えてから、答《こた》える。

「あれはたしか……先週《せんしゅう》の土曜日《どようび》の、昼間《ひるま》ね。ここ、お昼《ひる》はランチを出《だ》しているの」

「先週《せんしゅう》の土曜日《どようび》……この子《こ》は、若《わか》い男《おとこ》といっしょにいたときいたんですが」

「そうよ。それで印象《いんしょう》に残《のこ》っていたんだもの」

「それは……ケンカをしていたから、ですか？」

響《ひびき》くんが、先《さき》まわりしてきく。

「ええ。ケンカといっても、口《くち》ゲンカだけれどね」

「それで印象《いんしょう》に残《のこ》るものなんですか？」

わたしは、不思議《ふしぎ》に思《おも》ってたずねる。

お店《みせ》にくる人《ひと》が、口《くち》ゲンカすることぐらい、ありそうに思《おも》えるけど。

「それは10代前半《だいぜんはん》の女《おんな》の子《こ》と、20歳前後《さいぜんご》の若《わか》い男《おとこ》っていう組《く》み合《あ》わせだったからかな」

「たしかに……恋人《こいびと》どうしというには、少《すこ》しアンバランスですよね」

「恋人《こいびと》って感《かん》じじゃなかったわよ。それに、ケンカというか、女《おんな》の子《こ》が若《わか》い男《おとこ》を、とても心配《しんぱい》しているように見《み》えたわ」

「心配《しんぱい》……ですか」

響《ひびき》くんが、考《かんが》える顔《かお》をする。

「なんだか、兄妹《きょうだい》ゲンカっぽくってね。わたしも兄《あに》がいるから、重《かさ》なるものがあったの」

それじゃあ、ミカちゃんといっしょにいたのはお兄《にい》さんかもしれないの!?

それなら、すごく大《おお》きな手《て》がかりだけど……。

そこから、響《ひびき》くんがいくつか質問《しつもん》をしていたけど、それ以上手《いじょうて》がかりになりそうなことは、わからないまま。

お客《きゃく》さんも増《ふ》えはじめたので、マスターにお礼《れい》を言《い》って、喫茶店《きっさてん》をあとにした。

「ミカちゃんは、お兄《にい》さんといっしょに、この島《しま》にきてたってことなのかな？　だったら、いなくなったミカちゃんのこと、探《さが》してそうだけど……」

喫茶店《きっさてん》からの帰《かえ》り道《みち》。

歩《ある》きながら、わたしは響《ひびき》くんと話《はな》す。

「そう決《き》めつけることはできないと思《おも》います。ただ、本当《ほんとう》に兄妹《きょうだい》で島《しま》にいたんだとしたら……」

言《い》いかけて、響《ひびき》くんは急《きゅう》にだまる。

ちらりと響《ひびき》くんの顔《かお》を見《み》ると、思考《しこう》モードに入《はい》ってる。

こうなると、話《はな》しかけても、なかなか返事《へんじ》はこないんだよね。

「…………そういうことか」

5分《ふん》ぐらいだまっていた響《ひびき》くんが、不意《ふい》に顔《かお》をあげる。

「どうしたの？」

「旅館《りょかん》にもどります！」

響《ひびき》くんが早口《はやくち》で言《い》って、走《はし》りだす。

「えっ？　ちょ、ちょっと待《ま》ってよ、響《ひびき》くん！」

わたしも、あわてて響《ひびき》くんを追《お》いかける。

旅館《りょかん》にいそいでもどるっていうことは、ミカちゃんに危険《きけん》があるっていうこと⁉

14 失《うしな》った記憶《きおく》は……

息《いき》を切《き》らしながら走《はし》ってきた響《ひびき》くんとわたしに、旅館《りょかん》のロビーにいた仲居《なかい》さんが、びっくりした顔《かお》をしてる。

「ど、どうなさったんですか、お客様《きゃくさま》？」

その声《こえ》にもこたえず、響《ひびき》くんは、わたしとミカちゃんの部屋《へや》にむかった。

部屋《へや》のドアノブに響《ひびき》くんが手《て》をかけると、するりとドアが開《ひら》く。

えっ、カギがかかってない……？

昼間《ひるま》、おそわれたばかりだし、戸締《とじ》まりはしておくように、出《で》てくる前《まえ》に言《い》っておいたのに。

響《ひびき》くんといっしょに、部屋《へや》の中《なか》に飛《と》びこむ。

「えっ……」

わたしは、部屋《へや》の中《なか》を見《み》て声《こえ》をあげる。

部屋《へや》にいるはずの、ミカちゃんの姿《すがた》がない！
大《おお》きい部屋《へや》といっても、すぐに見《み》まわせるし、かくれるような場所《ばしょ》はない。
念《ねん》のため、トイレと洗面所《せんめんじょ》を確認《かくにん》したけど、だれもいない。
「ミカちゃん、どこ行《い》っちゃったの⁉」
旅館《りょかん》の中《なか》を散歩《さんぽ》に出《で》かけた？
でも、そこまで見《み》てまわる場所《ばしょ》が、多《おお》いわけじゃないし。
大浴場《だいよくじょう》に行《い》ったとか？
そもそも、頭痛《ずつう》で倒《たお》れたばかりなんだから、出歩《である》こうなんて思《おも》わないはず。
もしかして、昼間《ひるま》のやつらがきて、さらっていったとか⁉
……うん。さすがにあんな怪《あや》しい人《ひと》がいたら、旅館《りょかん》の人《ひと》が気《き》がつかないはずがない。
「外《そと》を探《さが》します」
けわしい顔《かお》をしたまま、響《ひびき》くんが部屋《へや》から出《で》る。
わたしも、あとについていく。
響《ひびき》くんと手分《てわ》けして、旅館《りょかん》の近《ちか》くを探《さが》してみるけど、見《み》つからない。
ミカちゃん、どこなの⁉

夕方《ゆうがた》の時間《じかん》とはいえ、走《はし》りまわると、じんわりと汗《あせ》がにじんでくる。

「響《ひびき》くん、そっちはどうだった？」

わたしの反対方面《はんたいほうめん》を探《さが》してきた、響《ひびき》くんと合流《ごうりゅう》する。

「いません。もう少《すこ》し遠《とお》く、車《くるま》で行《い》ける範囲《はんい》も探《さが》してみましょう」

響《ひびき》くんといっしょにバスを使《つか》って、神社《じんじゃ》のほうにも行《い》ってみる。

時間《じかん》もおそくなってきたから、お参《まい》りする人《ひと》も少《すく》ない。

「いない……」

境内《けいだい》をひととおりまわってみたものの、ミカちゃんの姿《すがた》はない。

神社《じんじゃ》を出《で》て、またべつのほうにむかう。

さすがに、足《あし》が重《おも》たくなってきた。

潮《しお》の香《かお》りがする、海岸沿《かいがんぞ》いの道路《どうろ》。

響《ひびき》くんとわたしは、夕日《ゆうひ》にそまる砂浜《すなはま》を見《み》まわす。

砂浜《すなはま》は見通《みとお》しがいいものの、奥《おく》のほうに行《い》くと岩場《いわば》も多《おお》くて、少《すこ》し見《み》づらい。

目《め》をこらして、岩場《いわば》のほうも確認《かくにん》する。

ここにもいな…………あっ。

「響《ひびき》くん！」

ふり返《かえ》った響《ひびき》くんに、わたしは目《め》でしめす。

砂浜《すなはま》の奥《おく》、岩場《いわば》の陰《かげ》に人影《ひとかげ》があった。

ミカちゃんだ。

「なんで、あんなところに……？」

疑問《ぎもん》に思《おも》いつつも、いそいで歩《ある》きだす。

「――待《ま》ってください、咲希《さき》さん」

響《ひびき》くんが、わたしを止《と》める。

「どうしたの、響《ひびき》くん」

もしかしたら、ミカちゃん、記憶《きおく》の一部《いちぶ》を思《おも》い出《だ》して、混乱《こんらん》しちゃったのかもしれないし。

早《はや》くそばに行《い》ってあげないと。

「いいえ、よく見《み》てください」

響《ひびき》くんの言葉《ことば》に、わたしはもう一度《いちど》、ミカちゃんのほうに視線《しせん》をむける。

……えっ。

ミカちゃんのほかに、人影《ひとかげ》がもう1つあった。

……だれ？

ミカちゃんより頭《あたま》2つぶんは背《せ》が高《たか》い。若《わか》い男《おとこ》の人《ひと》だ。

なにか話《はな》してるみたいだけど……。

ミカちゃんに、この島《しま》に知《し》り合《あ》いなんて……？

「見《み》つからないように、近《ちか》づきましょう」

響《ひびき》くんが岩場《いわば》に身《み》をかくしながら、ミカちゃんたちに近《ちか》づいていく。

状況《じょうきょう》が理解《りかい》できないまま、わたしも、響《ひびき》くんのあとにつづく。

声《こえ》をかけないほうがいい。それは、わたしにもなんとなくわかった。

近《ちか》づいていくと、ミカちゃんと若《わか》い男《おとこ》の声《こえ》がきこえてくる。

「なんで、もどってきたんだ！」

「だって……」

ミカちゃんが、若《わか》い男《おとこ》にどなられ、言葉《ことば》をつまらせている。

2人《ふたり》は知《し》り合《あ》い？

会話《かいわ》の雰囲気《ふんいき》から、それとなく感《かん》じとれる。

「いいから、おまえは帰《かえ》れ！」

「いやだよ！　なんでなの、お兄《にい》ちゃん！」

えっ、お兄《にい》ちゃん？

ど、どういうこと？

ミカちゃんのお兄《にい》さんが、なんでここに？

それに、記憶喪失《きおくそうしつ》のはずのミカちゃんが、自分《じぶん》のお兄《にい》さんだとわかってる？

突然《とつぜん》わきでた疑問《ぎもん》に、頭《あたま》が混乱《こんらん》しそうになる。

となりで様子《ようす》をうかがっている響《ひびき》くんを見《み》ると、冷静《れいせい》に2人《ふたり》の会話《かいわ》をきいている。

まるで、最初《さいしょ》からミカちゃんとお兄《にい》さんの会話《かいわ》を、予想《よそう》していたみたいに。

そのとき。

ザッ、と砂音《すなおと》をたてて、響《ひびき》くんが岩《いわ》かげから立《た》ちあがった。

「……！」

ミカちゃんが、息《いき》をのんで、目《め》を見開《みひら》いている。

「だ、だれだ！　おまえ……」

ミカちゃんのお兄《にい》さんも、響《ひびき》くんを見《み》て、おどろいた顔《かお》をしてる。

……ん？

そこで、わたしもはじめて違和感《いわかん》をいだいた。

この男《おとこ》の人《ひと》……どこかで、見《み》た顔《かお》のような……あああっ！

映像記憶《えいぞうきおく》を探《さぐ》って、すぐに一致《いっち》する顔《かお》を見《み》つけた。

そうだ！　神社《じんじゃ》で、ミカちゃんを見《み》つめていた若《わか》い男《おとこ》！

「くっ！」

ミカちゃんのお兄《にい》さんは、くるりと背《せ》をむけると、全速力《ぜんそくりょく》で逃《に》げだす。

響《ひびき》くんは、その背中《せなか》にちらりと視線《しせん》を送《おく》ったものの、今回《こんかい》は追《お》いかけるつもりはないのか、動《うご》かない。

いったい、どうなってるの……？

さっぱり状況《じょうきょう》が理解《りかい》できないまま、わたしもミカちゃんの前《まえ》に出《で》ていく。

「なんで、２人《ふたり》が……？」

ミカちゃんは、ぼうぜんとした顔《かお》をして、響《ひびき》くんとわたしを見《み》る。

「旅館《りょかん》にミカさんがいなかったので、探《さが》しにきたんです」

響《ひびき》くんが、答《こた》える。

「ミカちゃん、記憶《きおく》がもどったの？」

わたしは、ミカちゃんにきく。

どうしていなくなったのか、「お兄《にい》さん」といっしょにいたのかは気《き》になるけど、ともかく失《うしな》ってた記憶《きおく》がもどったなら、喜《よろこ》ぶべきことだよね。

「それは……え〜と……」

だけどミカちゃんは、言葉《ことば》を探《さが》すように、目《め》をそらす。

まるで、ウソをごまかすみたいに。

「記憶《きおく》が、もどったのではありません」

響《ひびき》くんが、ミカちゃんのかわりに言《い》う。

「え？　でも、さっき会話《かいわ》してた様子《ようす》からすると……」

「前提《ぜんてい》がちがうんです。ミカさんは、もともと、記憶喪失ではなかったんです」

……へ？

「ええええっ⁉」

15 真実《しんじつ》を見《み》ぬく瞳《ひとみ》

「き、記憶喪失《きおくそうしつ》じゃ、なかった!?」

わたしは思《おも》わず、大《おお》きな声《こえ》をあげる。

響《ひびき》くんは、そんなわたしから、ミカちゃんに視線《しせん》をむける。

「……ですよね？　ミカさん」

響《ひびき》くんの言葉《ことば》に、ミカちゃんはギュッとくちびるをかむ。

「……いつから、わかってたの」

「最初《さいしょ》から」

「ウソ！　だってちゃんと演技《えんぎ》してたよ。お医者《いしゃ》さんだって、だませたし」

響《ひびき》くんの答《こた》えに、ミカちゃんはするどく言《い》い返《かえ》す。

「島《しま》にくるフェリーの中《なか》で、あなたが不自然《ふしぜん》なことを言《い》っていたんです。おそらく、最初《さいしょ》の目的《もくてき》がはたせて、気《き》がゆるんだんでしょう。咲希《さき》さんの『おそわれて怖《こわ》かったか』という質問《しつもん》にたいして、『そうですね』と答《こた》えました。それで気《き》づきました」

たしかに、そんな会話《かいわ》をした記憶《きおく》はある。

「え？　それのどこが……あっ」

わたしも、響《ひびき》くんの言《い》いたいことに気《き》づく。

ミカちゃんもわかったのか、「あっ」という顔《かお》をする。

「おそわれたショックで記憶喪失《きおくそうしつ》になったんなら、おそわれたときの恐怖《きょうふ》も、おぼえていないはずなんだね……！」

「ええ、そうです。でも、とっさに記憶《きおく》があるかのように答《こた》えてしまった。たぶん、実際《じっさい》にとても怖《こわ》い思《おも》いをした記憶《きおく》があったからでしょう」

わたしの言葉《ことば》に、響《ひびき》くんはうなずく。

「で、でも、それだけなら、うわの空《そら》でうなずいただけかも、しれないでしょ？」

ミカちゃんは、納得《なっとく》がいかない顔《かお》をしてる。

「ええ。だから、すぐに指摘《してき》したりはせずに、様子《ようす》を見《み》ることにしたんです。すぐに気《き》づきましたよ。ミカさんは、島《しま》にいる間《あいだ》も、スマートフォンでときどき、長《なが》い文章《ぶんしょう》を打《う》っていましたよね？」

「それがなに？」

「おかしいんです。記憶《きおく》がないミカさんには、連絡《れんらく》する先《さき》がない。あったとしても、琴音《ことね》さんのところぐらいのはずです」

いわれてみれば、そうだ。

スマホをいじってる、というのが自然《しぜん》なことだったから、べつに不思議《ふしぎ》にも思《おも》わなかったけど、記憶喪失《きおくそうしつ》のミカちゃんに連絡先《れんらくさき》はない。

ゲームをしてたにしては、操作《そうさ》の時間《じかん》は短《みじか》かった。

連絡《れんらく》がきてないか確認《かくにん》する、いつもそれぐらいの時間《じかん》だった気《き》がする。

「そっか……それでか」

ミカちゃんは、今度《こんど》こそあきらめたのか、がっくりとうなだれる。

「だけど、じゃあミカちゃんはどこに連絡《れんらく》していたの？」

わたしは、響《ひびき》くんとミカちゃんを見《み》て、質問《しつもん》する。

「ご両親《りょうしん》のところでしょう」

「両親《りょうしん》？」

響《ひびき》くんの答《こた》えが意外《いがい》で、わたしは首《くび》をかしげる。

「ミカさんは中学生《ちゅうがくせい》。兄《あに》のところに行《い》くとわかっていても、何日《なんにち》も連絡《れんらく》がなければ、捜索願《そうさくねがい》を出《だ》すのがふつうです。でも、出《だ》されていない。理由《りゆう》はかんたんです。両親《りょうしん》にとっては、娘《むすめ》からの——ミカさんからの連絡《れんらく》は、毎日《まいにち》きていたからです」

「そっか！　毎日連絡《まいにちれんらく》があれば、安心《あんしん》しちゃうもんね」

「おそらく、今日《きょう》のお昼《ひる》ご飯《はん》を食《た》べたあと、お店《みせ》からこっそりぬけだしていたのは、両親《りょうしん》への連《れん》絡《らく》のためでしょう。メールなどの文章《ぶんしょう》だけでなく、電話《でんわ》で直接話《ちょくせつはなし》をして、安心《あんしん》させるために」

響《ひびき》くんは言《い》って、ミカちゃんを見《み》る。

ミカちゃんは、だまって響《ひびき》くんの説明《せつめい》をきいていたけど、認《みと》めるように小《ちい》さくうなずいた。

「それらのことも、ミカさんのスマートフォンを確認《かくにん》させてもらえば、すぐにわかるだろうと思《おも》っていました。琴音《ことね》さんが買《か》い与《あた》えたものとはべつに、あなたが元《もと》から持《も》っていた、スマートフォンと、2台持《だいも》っているはずですから。そうでないと、両親《りょうしん》に連絡《れんらく》したときに、番号《ばんごう》がちがうことを不審《ふしん》がられます」

「えっ、でも、そんなこと可能《かのう》なの？　琴音《ことね》がミカちゃんを保護《ほご》したときに、スマホも見《み》つかっちゃうと思《おも》うんだけど」

わたしは不思議《ふしぎ》に思《おも》って、響《ひびき》くんにきく。

「ミカさんが意図的《いとてき》に隠《かく》したなら、可能《かのう》です。病院《びょういん》に運《はこ》ばれたときに、こっそりとイスの下《した》などに、すべらせて隠《かく》しておく。治療《ちりょう》を受《う》け、記憶喪失《きおくそうしつ》だと診断《しんだん》を受《う》けたあとに、ひろいにもどればいい」

「で、でも、それだと看護師《かんごし》さんとかに、見《み》つかったりしない？」

「可能性《かのうせい》はもちろんあります。ただ、それで成功《せいこう》しなければ、べつの方法《ほうほう》を考《かんが》えればよかったんです。ミカさんの目的《もくてき》は、記憶喪失《きおくそうしつ》を装《よそお》うことではなく『この島《しま》にくること』だったんですから」

「そこまで、わかるんですね……」

ミカちゃんは、おどろいた顔《かお》をして、響《ひびき》くんを見《み》ている。

その様子《ようす》からすると、響《ひびき》くんの推理通《すいりどお》りみたい。

「で、でも、それじゃあ、響《ひびき》くんは、琴音《ことね》お姉《ねえ》ちゃんがわたしのことを記憶喪失《きおくそうしつ》だって言《い》ったとき、信《しん》じてなかったってこと？」

「いいえ。信《しん》じていました。ですが、探偵《たんてい》には、いつだって感情《かんじょう》を一切《いっさい》はさまずに、物事《ものごと》を見《み》ることが必要《ひつよう》なんです。……今《いま》ので、うれしいことが1つ、わかりました」

響《ひびき》くんはそう言《い》うと、ミカちゃんにほほえみかける。

「なんのこと？」

ミカちゃんは、きょとんとしてる。

「あなたが、琴音《ことね》さんを慕《した》っているのはウソじゃない、ということです。そうでなければ、不意《ふい》に出《で》てくる言葉《ことば》で、『琴音《ことね》お姉《ねえ》ちゃん』とは、よばないでしょう」

響《ひびき》くんが言《い》うと、ミカちゃんが、かあっとほおを赤《あか》くそめる。

「そ、そんなの、あたりまえでしょ！　こわい思《おも》いをしてたところを助《たす》けてくれたんだし、そのあとも、すごくやさしくしてくれて……。あんな人《ひと》、はじめてだもん」

ミカちゃんの、目《め》からぽろぽろりぽろりと、涙《なみだ》がほおに流《なが》れる。

そっか。これがミカちゃんの本音《ほんね》なんだ。

だましていたのは問題《もんだい》だけど、琴音《ことね》への感謝《かんしゃ》の気持《きも》ちは、しっかり持《も》ってる。

「ならば、教《おし》えてもらえませんか？　その琴音《ことね》さんの厚意《こうい》を利用《りよう》してまで、あなたがこの島《しま》にきたかった、本当《ほんとう》の理由《りゆう》を」

響《ひびき》くんが、すっと目《め》をするどくして、ミカちゃんにたずねる。

「さきほどいっしょにいた、『お兄《にい》ちゃん』が関係《かんけい》するんでしょう？」

響《ひびき》くんの視線《しせん》に耐《た》えられないように、ミカちゃんが目《め》をふせた。

そっと口《くち》を開《ひら》く。

「……うん。わたしも、もう2人《ふたり》に相談《そうだん》したほうがいいって、思《おも》ってたんだ。でも、ウソだったことが、ばれるのがこわくて、言《い》い出《だ》せなくて……」

ミカちゃんの言葉《ことば》がふるえる。

もしかしたら、ずっと打《う》ち明《あ》けようか、なやんでいたのかも。

でも、受《う》け入《い》れてもらえるのかが、わからなくて……。

その前《まえ》に、悪《わる》い人《ひと》におそわれたりと、いろいろあったもんね。

人《ひと》を信《しん》じるのが、むずかしかったのかも。

「だいじょうぶだよ、ミカちゃん。教《おし》えて？　いったいどうしてこの島《しま》にこようと思《おも》ったの？」

ミカちゃんは顔《かお》をあげ、わたしを見《み》た。

目《め》があうと、わたしはやさしくほほえみかける。

勇気《ゆうき》づけられたように、ミカちゃんはうなずくと、一度深呼吸《いちどしんこきゅう》をする。

それから、決意《けつい》のこもった表情《ひょうじょう》で、答《こた》えた。

「それは……お兄《にい》ちゃんを止《と》めるためだよ」

16 信《しん》じていいの？

「お兄《にい》ちゃんを止《と》めるため？　それってどういうことなの？」

わたしは意味《いみ》がわからず、首《くび》をかしげる。

「最初《さいしょ》から話《はな》すよ……」

ミカちゃんは息《いき》をつくと、語《かた》りだす。

「わたしの本当《ほんとう》の名前《なまえ》は、藤本安紗美《ふじもとあさみ》。中学《ちゅうがく》2年生《ねんせい》。といっても、もう半年以上《はんとしいじょう》も学校《がっこう》に行《い》ってない、不登校《ふとうこう》なんだけどね」

そう言《い》ってミカちゃん——じゃなくて、安紗美《あさみ》ちゃんは、自分《じぶん》にあきれたように笑《わら》う。

「ずっと家《いえ》にこもってたんだけど、あるとき、それじゃあよくないって、お母《かあ》さんとお父《とう》さんに説得《せっとく》されたの。わたしも、前《まえ》からそう思《おも》っていたし……それなら、環境《かんきょう》や気分《きぶん》を変《か》えるために、お兄《にい》ちゃんのところに、行《い》くのはどうかってことになって」

「お兄《にい》さんって、さっきの男《おとこ》の人《ひと》？」

わたしがきくと、安紗美《あさみ》ちゃんがうなずく。

「お兄《にい》ちゃんの名前《なまえ》は、藤本昴流《ふじもとすばる》。22歳《さい》でわたしとは、だいぶ年《とし》がはなれていて、家《いえ》はもう出《で》て働《はたら》いていたの。この島《しま》で。お兄《にい》ちゃんのところなら、わたしを知《し》っている人《ひと》もいないし、外《そと》を出《で》歩《ある》くのにも、抵抗《ていこう》がないんじゃないかって話《はなし》になったんだ。やっぱり、家《いえ》だと外《そと》に出《で》ると、同級《どうきゅう》生《せい》に会《あ》うかもしれないって、ビクビクしなくちゃいけないし」

安紗美《あさみ》ちゃんはそう言《い》って、悲《かな》しそうな顔《かお》をする。

悪《わる》いわけでもないのに、外《そと》に出《で》るのにビクビクするなんて、心《こころ》も休《やす》まらないよね。

「それで、お兄《にい》さんのところに？」

わたしは、安紗美《あさみ》ちゃんにきく。

響《ひびき》くんは、だまったままでいる。

たぶん、年下《としした》の響《ひびき》くんより、年上《としうえ》のわたしのほうが、会話《かいわ》の相手《あいて》としていいと思《おも》ったんじゃないかな。話《はな》しづらいことだしね。

「お兄《にい》ちゃんは、かわいがってくれてたし。でも、前《まえ》もって行《い》くことを伝《つた》えたら、お兄《にい》ちゃんに断《ことわ》られるかもしれないと思《おも》ったの……。だから、お母《かあ》さんとお父《とう》さんには、お兄《にい》ちゃんの許可《きょか》はとったって、ウソついたんだ。本当《ほんとう》は、連絡《れんらく》してなかったのに」

ミカちゃんは言《い》いづらそうに、ときどき声《こえ》を小《ちい》さくしながら話《はな》す。

慕《した》っているお兄《にい》さんにまで、拒否《きょひ》されたらと、こわかったのかもしれない。

「それで準備《じゅんび》をして、島《しま》に行《い》ったのが、1週間前《しゅうかんまえ》の土曜日《どようび》。そこで、お兄《にい》ちゃんと再会《さいかい》できたんだけど……歓迎《かんげい》はしてくれなかったんだ」

「でも、かわいがってくれてたんでしょ？」

いきなりとはいえ、妹《いもうと》が島《しま》までやってきたら、仲《なか》のいい兄妹《きょうだい》なら喜《よろこ》びそうだと思《おも》うけど。

「うん……最初《さいしょ》は仕事《しごと》の邪魔《じゃま》だったのかな、と思《おも》ったけど、なんだか不自然《ふしぜん》な気《き》がして……。それで、いけないとは思《おも》ったんだけど、出《で》かけるお兄《にい》ちゃんの後《あと》を、ついていってみたの。そうしたら……お兄《にい》ちゃんが、よくない人《ひと》たちといっしょにいるのを見《み》ちゃったんだ」

「よくない人《ひと》たち？　それってどんな？」

「見《み》た目《め》が、いかにも怖《こわ》そうな人《ひと》がいたり、態度《たいど》っていうのかな……。まわりの人《ひと》に対《たい》する、言葉《ことば》づかいみたいなの見《み》てて、なんだか悪《わる》い人《ひと》に見《み》えたの」

安紗美《あさみ》ちゃんは、自分《じぶん》が感《かん》じたことを伝《つた》えようと、言葉《ことば》を選《えら》びながら言《い》う。

言《い》いたいことは、なんとなく伝《つた》わってくる。

見《み》た目《め》で人《ひと》を判断《はんだん》するのは、あやういけど、態度《たいど》や言葉《ことば》づかいは、人《ひと》を知《し》るのに見《み》た目《め》より重《じゅう》要《よう》だって、前《まえ》に響《ひびき》くんに教《おし》えてもらったことがある。

たとえば、自分《じぶん》にはいい態度《たいど》や言葉《ことば》づかいをしてくれても、ほかの人《ひと》にむかって、悪《わる》い態度《たいど》や言葉《ことば》づかいをしていたら、ほんとうは、敵意《てきい》や軽蔑《けいべつ》を他人《たにん》にむけられる人《ひと》なんだということがうかがえる。

その敵意《てきい》が、いつか自分《じぶん》にも、むかってくるかもしれない。

態度《たいど》には、その人《ひと》の考《かんが》え方《かた》が透《す》けて見《み》える、と響《ひびき》くんは言《い》ってた。

安紗美《あさみ》ちゃんが感《かん》じたのも、そういうことなのかも。

「その人《ひと》たちが話《はな》していたのがね……」

安紗美《あさみ》ちゃんは、言葉《ことば》をいいよどむ。

響《ひびき》くんもわたしも、安紗美《あさみ》ちゃんが口《くち》を開《ひら》くのを、だまって待《ま》つ。

ずいぶん時間《じかん》がたってから、安紗美《あさみ》ちゃんは、心《こころ》を決《き》めたように顔《かお》をあげた。

「——連中《れんちゅう》が話《はな》していたのが、ご神体《しんたい》を盗《ぬす》みだすっていう、話《はなし》だったの」

「ご神体《しんたい》を、盗《ぬす》みだす!?」

わたしは、びっくりして、思《おも》わず声《こえ》をあげてしまう。

まわりを見《み》て、だれも近《ちか》くにいないことを確認《かくにん》して、ほっと息《いき》をつく。

「そ、それって具体的《ぐたいてき》には、どういう？」

「くわしくは聞《き》きとれなかったけど、『ご神体《しんたい》を盗《ぬす》む計画《けいかく》は順調《じゅんちょう》だ』って。『準備《じゅんび》はできてる。すぐにでも動《うご》きだせる』とも言《い》ってた」

すぐにでも!?　それってまずいんじゃ……。

「家《いえ》に帰《かえ》ってきた、お兄《にい》ちゃんを問《と》いただしたんだけど、『おまえには関係《かんけい》ない。早《はや》く実家《じっか》に帰《かえ》れ』ってつきはなされて。むりやりにフェリーに乗《の》せられて、帰《かえ》るしかなかったの」

「それで、港《みなと》についたあとに、おそわれたの？」

「うん。3人組《にんぐみ》の覆面《ふくめん》の男《おとこ》で……こわかった」

安紗美《あさみ》ちゃんは、両腕《りょううで》で自分《じぶん》をだきしめる。

わたしは、そんな安紗美《あさみ》ちゃんの肩《かた》をだきよせる。

こわさを思《おも》い出《だ》したのか、その体《からだ》がふるえている。

こんなこわい思《おも》いを隠《かく》しながら、それでも島《しま》に帰《かえ》ってくるために、記《き》憶喪失《おくそうしつ》のフリをしてたんだ。

ウソをついてお兄《にい》さんのところに行《い》ったのだから、家《いえ》に帰《かえ》ってしまったら、もう一度《いちど》、島《しま》に行《い》くのは、むずかしくなる。

まして、ケガさせられたなんて親《おや》に知《し》られたら、しばらくの間《あいだ》、出《で》かけさせてくれなくても、不思議《ふしぎ》じゃない。

どうしても、お兄《にい》さんを助《たす》けたくて、必死《ひっし》に考《かんが》えたんだ。

その安紗美《あさみ》ちゃんの気持《きも》ちを思《おも》うと、だまされていたことを怒《おこ》る気分《きぶん》にはなれないよね……。

「……なるほど。ご神体《しんたい》を盗《ぬす》みだす、ですか」

響《ひびき》くんは考《かんが》える顔《かお》をしながら、ぽつりとつぶやく。

「たしか、神社《じんじゃ》のご神体《しんたい》は、200キロの純金製《じゅんきんせい》だったよね」

神社《じんじゃ》に行《い》ったときに、話題《わだい》にのぼっていたから、おぼえてる。

「時価《じか》10億円近《おくえんちか》いですね。盗《ぬす》む理由《りゆう》としては十分《じゅうぶん》です。それに、安紗美《あさみ》さんがねらわれていることを考《かんが》えれば、計画《けいかく》の信憑性《しんぴょうせい》は高《たか》いと考《かんが》えられます」

響《ひびき》くんはそう言《い》って、考《かんが》えこむ。

そうだよね。

もし、安紗美《あさみ》ちゃんがきいたのが、ただの冗談《じょうだん》だったら、おそわれなかっただろうし。

おそわれたからこそ、犯人《はんにん》たちが本気《ほんき》だってことがわかる。

「でも、だったらどうして今《いま》も、ご神体《しんたい》は無事《ぶじ》なんだろう？」

「おそらく、安紗美《あさみ》さんのことがあったからでしょう。計画《けいかく》を一時中断《いちじちゅうだん》して、様子《ようす》を見《み》ているんだと思《おも》います」

「あきらめたっていうことは、ないかな？」

だって、それは1週間前《しゅうかんまえ》の話《はなし》でしょ。

「すぐにでも」って言《い》っていたなら、もうとっくに動《うご》いてても、おかしくなさそうだけど……。

「それはないと思《おも》います。もしそうなら、昼間《ひるま》のように、安紗美《あさみ》さんを、またおそう必要《ひつよう》はありませんから。邪魔《じゃま》だと思《おも》うのは、ご神体《しんたい》を盗《ぬす》む計画《けいかく》が、まだつづいているからです」

響《ひびき》くんが、きびしい顔《かお》で言《い》う。

「……もう、大丈夫《だいじょうぶ》です。ありがとうございます」

わたしにだきついてた安紗美《あさみ》ちゃんが、少《すこ》してれたような表情《ひょうじょう》ではなれる。

「気《き》にしないで。また、不安《ふあん》になったら、たよってね。わたしはたよりないかもしれないけど、事件《じけん》に関《かん》してなら、響《ひびき》くんがなんとかしてくれるから」

「そんなことないです。人《ひと》に相談《そうだん》できて、すごく気分《きぶん》が楽《らく》になったし」

「だったらよかった」

わたしは、安紗美《あさみ》ちゃんに笑顔《えがお》をむける。

「ひとまず、旅館《りょかん》にもどりましょう。また、おそわれないとも限《かぎ》りません」

響《ひびき》くんが言《い》い、わたしと安紗美《あさみ》ちゃんはうなずく。

旅館《りょかん》にもどる道《みち》を歩《ある》きながら、考《かんが》える。

記憶喪失《きおくそうしつ》の問題《もんだい》は解決《かいけつ》したけど、新《あら》たな問題《もんだい》——ご神体《しんたい》を盗《ぬす》む計画《けいかく》が、出《で》てきてしまった。

それに、安紗美《あさみ》ちゃんのお兄《にい》さん、昴流《すばる》さんのこともある。

本当《ほんとう》に計画《けいかく》に関《かか》わりがあるのか。

あるのなら、安紗美《あさみ》ちゃんがいるところでは、響《ひびき》くんにきけなかったけど、安紗美《あさみ》ちゃんがおそわれたことを、昴流《すばる》さんは知《し》っているのか、も気《き》になるんだよね。

安紗美《あさみ》ちゃんのお兄《にい》さんなら、そんなことはしないとは、思《おも》いたいんだけど……。

とにかく、絶対《ぜったい》に計画《けいかく》を阻止《そし》しなくっちゃ！

17 島《しま》をめぐる陰謀《いんぼう》

旅館《りょかん》にもどると、病院《びょういん》で会《あ》った若《わか》い警察官《けいさつかん》と、高畑《たかはた》さんがロビーで待《ま》っていた。

「やあ、白里《しらさと》くん。待《ま》ってたよ」

高畑《たかはた》さんが手《て》をあげて、声《こえ》をかけてくる。

響《ひびき》くんが近《ちか》づいて、視線《しせん》をむけると、

「お待《ま》ちしていました！　白里探偵《しらさとたんてい》に、急《いそ》ぎのご報告《ほうこく》がありまして……」

若《わか》い警察官《けいさつかん》が、響《ひびき》くんに敬礼《けいれい》をして、あわてているのか早口《はやくち》で話《はな》しはじめる。

その様子《ようす》を見《み》て、高畑《たかはた》さんと女将《おかみ》さんが、びっくりした顔《かお》をしてる。

そりゃあ、そうだよね……。

小学生《しょうがくせい》の響《ひびき》くんに、大人《おとな》の警察官《けいさつかん》がかしこまってるんだもん。

「なにがあったのですか？」

「は、はい！　今《いま》から30分《ぷん》ほど前《まえ》に、若《わか》い男《おとこ》がおそわれて、病院《びょういん》に運《はこ》ばれたんです。目撃情報《もくげきじょうほう》をきくと、その犯人《はんにん》が……」

「——ミカさんをねらった相手《あいて》と、特徴《とくちょう》が似《に》ていた、と？」

響《ひびき》くんは、若《わか》い警察官《けいさつかん》の言葉《ことば》を、先《さき》まわりして答《こた》える。

「もうご存《ぞん》じだったんですか!?」

若《わか》い警察官《けいさつかん》が、おどろいている。

「簡単《かんたん》な推理《すいり》です。報告《ほうこく》をつづけてください」

響《ひびき》くんが、あえて、「ミカ」という偽名《ぎめい》のほうでよんだのは、まだみんな安紗美《あさみ》ちゃんの名前《なまえ》のことを、知《し》らないからだよね。

記憶喪失《きおくそうしつ》がウソだったという話《はなし》は、あとで説明《せつめい》しなくちゃだけど、今《いま》すると、ややこしくなりそうだし。

「今回《こんかい》の事件《じけん》も、犯人《はんにん》は覆面《ふくめん》をしていたという目撃証言《もくげきしょうげん》があります。犯人《はんにん》は暗闇《くらやみ》にまぎれて、現《げん》在《ざい》も逃走中《とうそうちゅう》です」

「おそわれた男性《だんせい》の、ケガの具合《ぐあい》は？」

「腕《うで》の骨折《こっせつ》などがありますが、命《いのち》に別状《べつじょう》はないそうです」

その答《こた》えに、わたしはほっとする。

「それで、高畑《たかはた》さんは、どうしてここに？」

響《ひびき》くんは、ひととおり事情《じじょう》をきいてから、高畑《たかはた》さんに視線《しせん》をむける。

「いや、私《わたし》はそこで彼《かれ》を見《み》かけてね。こんな時間《じかん》に警察官《けいさつかん》がやってくるとは、なにごとかと思《おも》ったら、また人《ひと》がおそわれたというじゃないか。驚《おどろ》いたねえ。それに君《きみ》は、有名《ゆうめい》な探偵《たんてい》なんだってね。君《きみ》の年齢《ねんれい》ですごいもんだなぁ」

高畑《たかはた》さんが感心《かんしん》した顔《かお》で、響《ひびき》くんを見《み》る。

響《ひびき》くんは、ジロリと若《わか》い警察官《けいさつかん》を見《み》る。

たしか、響《ひびき》くんのことは口外《こうがい》しないように、たのんでおいたはずなんだけど……。

「い、いや……こ、これはですね……」

若《わか》い警察官《けいさつかん》は、ひたいから汗《あせ》をにじませて、あわてて言《い》い訳《わけ》する。

「高畑《たかはた》さんに追及《ついきゅう》されますと……どうにも断《ことわ》るわけにもいかず……。もうしわけありません、教《おし》えてしまいました」

若《わか》い警察官《けいさつかん》は、うなだれるように、あやまる。

響《ひびき》くんは、じーっと若《わか》い警察官《けいさつかん》を見《み》ていたものの、ため息《いき》をついて、視線《しせん》をはずす。

「……しかたがないですね」

響《ひびき》くんの言葉《ことば》に、若《わか》い警察官《けいさつかん》は、心底安心《しんそこあんしん》した顔《かお》をしてる。

「なんだか悪《わる》いことをしたかな？　大丈夫《だいじょうぶ》だよ。だれにも話《はな》したりしないから」

高畑《たかはた》さんは、響《ひびき》くんに言《い》う。

「お願《ねが》いします。それで、高畑《たかはた》さんのご用《よう》はそれだけですか？」

「ん？　ああ、そうだよ」

高畑《たかはた》さんは、けげんそうな顔《かお》で、首《くび》をかしげる。

「いえ、それならいいんです。……それよりも、おそわれた男性《だんせい》ですが、もしかしたら」

響《ひびき》くんはうなずくと、つぶやくように言《い》う。

響《ひびき》くんの言《い》いたいことは、なんとなくわたしも、わかった。

――若《わか》い男《おとこ》の人《ひと》。

今《いま》の状況《じょうきょう》で、覆面《ふくめん》の男《おとこ》におそわれたというのなら、考《かんが》えられるのは、安紗美《あさみ》ちゃんのお兄《にい》さんの、昴流《すばる》さん。

安紗美《あさみ》ちゃんも、そのことに思《おも》い当《あ》たったのか、顔色《かおいろ》を青《あお》くしている。

わたしは、そんな安紗美《あさみ》ちゃんの手《て》を、ギュッとにぎる。

「とりあえず、病院《びょういん》に行《い》ってみましょう。ききたい話《はなし》があります」

響《ひびき》くんが言《い》って、若《わか》い警察官《けいさつかん》に面会《めんかい》ができるように、たのんでいる。

今《いま》は7時《じ》すぎ。

病院《びょういん》の面会時間《めんかいじかん》は、とっくに終《お》わってるはず。

本当《ほんとう》なら、明日出直《あしたでなお》すのが、正《ただ》しいんだろうけど……。

頭《あたま》によぎるのは、安紗美《あさみ》ちゃんにきいた、ご神体《しんたい》を盗《ぬす》む計画《けいかく》。

それを考《かんが》えたら、なるべく早《はや》く話《はなし》をきいておきたいよね。


若《わか》い警察官《けいさつかん》が運転《うんてん》するパトカーで、響《ひびき》くん、安紗美《あさみ》ちゃん、わたしの3人《にん》は、病院《びょういん》にむかった。

昼間《ひるま》に安紗美《あさみ》ちゃんが、治療《ちりょう》してもらったのと、同《おな》じ病院《びょういん》。

病院《びょういん》で待《ま》っていた、ベテランの警察官《けいさつかん》と合流《ごうりゅう》して、いっしょに病室《びょうしつ》にむかう。

病室《びょうしつ》の前《まえ》まで行《い》くと、ちょうどお医者《いしゃ》さんが出《で》てくるところだった。

……あれ？

あのお医者《いしゃ》さんって、安紗美《あさみ》ちゃんを診《み》てくれた女医《じょい》さんだ。

「ミカさんの具合《ぐあい》が悪《わる》くなった……というわけじゃなさそうだね。なにか問題《もんだい》はない？」

女医《じょい》さんが、安紗美《あさみ》ちゃんの様子《ようす》をきいてくる。

「……はい、大丈夫《だいじょうぶ》です」

安紗美《あさみ》ちゃんは、こたえながらも、お兄《にい》さんのことが気《き》になるのか、気《き》がそぞろな様子《ようす》。

それに気《き》づいた女医《じょい》さんが、うしろの病室《びょうしつ》のドアを、ちらりと見《み》る。

「運《はこ》ばれてきた患者《かんじゃ》さんとの面会《めんかい》とは、君《きみ》たちのことか。ケガは骨折《こっせつ》と打撲《だぼく》だから、安静《あんせい》は必要《ひつよう》だけど、話《はな》すぶんには問題《もんだい》ないよ。とはいえ、あまり長時間《ちょうじかん》はこまるけどね」

そう言《い》って、わたしたちを通《とお》してくれる。

わたしたちは、あらためて女医《じょい》さんにお礼《れい》を言《い》って、病室《びょうしつ》の中《なか》に入《はい》る。

病室《びょうしつ》は個室《こしつ》で、白《しろ》い壁《かべ》にかこわれ、部屋《へや》の真《ま》ん中《なか》にベッドがおかれていた。

そのベッドには、男《おとこ》の人《ひと》が寝《ね》ている。

「だれだ、こんな時間《じかん》に……って、安紗美《あさみ》！」

男《おとこ》の人《ひと》は、おどろいた顔《かお》をして、安紗美《あさみ》ちゃんを見《み》る。

「お兄《にい》ちゃん！」

安紗美《あさみ》ちゃんは、ベッドにかけよる。

やっぱり。

思《おも》っていたとおり、ベッドに寝《ね》ていたのは、安紗美《あさみ》ちゃんのお兄《にい》さんの昴流《すばる》さんだ。

右腕《みぎうで》と左足《ひだりあし》にギプスがしてあって、左足《ひだりあし》は吊《つ》ってあった。

顔《かお》にも、手当《てあ》てしたあとがある。

かなりひどいケガに、わたしは顔《かお》をしかめる。

昴流《すばる》さんは無事《ぶじ》な左腕《ひだりうで》で、安紗美《あさみ》ちゃんの頭《あたま》をなでながら、なだめている。

少《すこ》し落《お》ちついたところで、響《ひびき》くんが話《はな》しかける。

「藤本昴流《ふじもとすばる》さんですね」

昴流《すばる》さんは、ジロッと響《ひびき》くんを見《み》る。

「おまえはたしか、砂浜《すなはま》で安紗美《あさみ》のところにきた……」

「白里響《しらさとひびき》といいます。ご神体《しんたい》をねらった計画《けいかく》について、話《はなし》をうかがいにきました」

「なっ！　どうしてそれを！　……安紗美《あさみ》、おまえがばらしたのか」

昴流《すばる》さんは、責《せ》める目線《めせん》をむける。

「お兄《にい》ちゃん、この人《ひと》たちなら、大丈夫《だいじょうぶ》だから。警察《けいさつ》からも正式《せいしき》に依頼《いらい》をされるような、天才探偵《てんさいたんてい》さんなの。だから、知《し》ってること、全部話《ぜんぶはな》して」

「おれは、なにも知《し》らない」

昴流《すばる》さんは、顔《かお》をそむける。

「そのケガの原因《げんいん》――おそってきた相手《あいて》は、あなたの知《し》っている方《かた》なんじゃないですか？」

響《ひびき》くんが言《い》っても、昴流《すばる》さんは、だまったままだ。

「それでは、その男《おとこ》たちに、安紗美《あさみ》さんが、おそわれたことは知《し》っていますか？」

「なんだと⁉」

昴流《すばる》さんが無理《むり》に体《からだ》をおこそうとして、痛《いた》みに顔《かお》をしかめる。

「こいつの言《い》ってることは、本当《ほんとう》なのか⁉」

昴流《すばる》さんが、安紗美《あさみ》ちゃんにきく。

「うん、本当《ほんとう》だよ。港《みなと》でおそわれたところを、親切《しんせつ》な人《ひと》に助《たす》けてもらったの。ねえ、お兄《にい》ちゃん。そんなふうに傷《きず》つけられてまで、仲間《なかま》だなんて言《い》わないで！　もう心配《しんぱい》させないでよ……」

安紗美《あさみ》ちゃんは、昴流《すばる》さんにしがみつくようにして、説得《せっとく》する。

その両目《りょうめ》からは、ポロポロと涙《なみだ》がこぼれている。

それを見《み》て、昴流《すばる》さんは一度目《いちどめ》をつぶると、じっと考《かんが》えるようにだまりこむ。

しばらくしてから、昴流《すばる》さんはしぼりだすように、言《い》った。

「……わかった、話《はな》す」

「最初《さいしょ》は、この島《しま》でふつうに働《はたら》いていたんだ。漁《りょう》の手伝《てつだ》いとかして。そんなとき、声《こえ》をかけられたんだ。いい儲《もう》け話《ばなし》があるから、手伝《てつだ》わないかって」

頭《あたま》の中《なか》を整理《せいり》するためか、昴流《すばる》さんはときおり思《おも》い出《だ》すように、目《め》を閉《と》じたりしながら話《はな》しだす。

「その声《こえ》をかけてきた相手《あいて》、というのは？」

「同《おな》じように漁《りょう》の手伝《てつだ》いとか、島《しま》でバイトみたいなことをしてる、20代《だい》ぐらいの男《おとこ》だよ」

「そのさそいに、乗《の》ったんですね」

「ああ。もっと稼《かせ》ぎたかったからね。犯罪《はんざい》をす

るだなんて、そのときは言《い》ってなかったしな」

「そこで、計画《けいかく》をきかされたんですね？」

「ご神体《しんたい》を盗《ぬす》みだすっていう話《はなし》で、おれが集《あつ》まりにいったときには、ほかに10人《にん》ぐらいいた。島《しま》の外《そと》からきた人間《にんげん》が、半分以上《はんぶんいじょう》だったな」

「罰当《ばちあ》たりな行為《こうい》だけに、島《しま》の人間《にんげん》だと、拒否《きょひ》されてそこから計画《けいかく》がばれるのを、警戒《けいかい》したのかもしれません」

「そんなところだろうな。ただ、ボスという人間《にんげん》が、グループのほかにいるらしいってのは、会話《かいわ》からわかっていた。そいつは顔《かお》は見《み》せなかったけどな」

「ボス、ですか。用心深《ようじんぶか》いですね。それで、計画《けいかく》はいつ行《おこな》われる予定《よてい》なんですか？」

「本当《ほんとう》は、先週《せんしゅう》の日曜日《にちようび》に行《おこな》われるはずだったんだ。だけど、急《きゅう》に延期《えんき》になった。今考《いまかんが》えたら、安紗美《あさみ》が計画《けいかく》を知《し》ったことが、ばれてたんだな。あいつらそれで、安紗美《あさみ》まで……」

ギリッ、と昴流《すばる》さんが、歯《は》をくいしばる。

この様子《ようす》だと、安紗美《あさみ》ちゃんがおそわれたことは、昴流《すばる》さんは本当《ほんとう》に知《し》らなかったみたい。

わたしは、心《こころ》の中《なか》でほっと息《いき》をつく。

「おそらく、そうだと思《おも》います。ですが、まだ計画《けいかく》はあきらめていない。そうですね？」

「そうだ。ただ、近々《ちかぢか》という話《はなし》はきいたが、それ以上《いじょう》はわからない。今考《いまかんが》えたら、おれもうたがわれていたんだな。だから、計画《けいかく》のこまかいことは教《おし》えられなかった」

昴流《すばる》さんは、くやしそうに首《くび》を横《よこ》にふる。

「その可能性《かのうせい》が高《たか》いです。ただ、今《いま》なら、まだ間《ま》に合《あ》います」

「間《ま》に合《あ》うって、計画《けいかく》を止《と》める気《き》か？　いや、そもそもおまえは、なにものなんだ？　安紗美《あさみ》より年下《としした》だろ？　つい話《はな》したが、どうしてここまで入《はい》ってこられたんだ？　ドアの前《まえ》には警察官《けいさつかん》がいたはずだ」

昴流《すばる》さんは、いまさら響《ひびき》くんのことを不思議《ふしぎ》に思《おも》ったらしく、つづけざまに質問《しつもん》してくる。

「警察官《けいさつかん》の方《かた》には、ちゃんと許可《きょか》をもらってあります。安紗美《あさみ》さんが、さっき紹介《しょうかい》してくれたと思《おも》いましたが。……〝天才《てんさい》〟というのは、大《おお》げさですが」

「まさか、本当《ほんとう》に……？」

響《ひびき》くんは、昴流《すばる》さんのけげんそうな目《め》に、まっすぐに視線《しせん》を返《かえ》すと、答《こた》えた。

「――はい。白里響《しらさとひびき》、探偵《たんてい》です」

18 反撃《はんげき》の時間《じかん》

警察官《けいさつかん》に、昴流《すばる》さんの病室《びょうしつ》の警備強化《けいびきょうか》をたのんで、病院《びょういん》をあとにする。

旅館《りょかん》にもどると、すでにフロントは暗《くら》くなっていた。

時計《とけい》を見《み》ると、9時《じ》をまわっている。

「夕食《ゆうしょく》、たべそこなっちゃったね」

夕食《ゆうしょく》は、6時《じ》から8時《じ》の間《あいだ》だったんだよね。

「なにか出《だ》してもらえないか、旅館《りょかん》の方《かた》にたのんでみましょう」

響《ひびき》くんがそう言《い》うと、安紗美《あさみ》ちゃんとわたしは、うなずく。

正直《しょうじき》、お腹《なか》ペコペコなんだよね。

さすがに、夕食《ゆうしょく》ぬきはつらいよ。

そんなことを思《おも》っていると、

「おかえりなさいませ。ご夕食《ゆうしょく》にされますか?」

声《こえ》がして、フロントの奥《おく》から女将《おかみ》さんが、姿《すがた》を見《み》せる。

「え、でも夕食《ゆうしょく》の時間《じかん》は終《お》わって……」

「かまいません。ご事情《じじょう》があるようですし、お客様《きゃくさま》をおもてなしするのが、旅館《りょかん》のつとめです」

女将《おかみ》さんの言葉《ことば》に、わたしたち3人《にん》は顔《かお》を見《み》あわせると、大《おお》きくうなずいた。

「ぜひ、お願《ねが》いします!」


昨日《きのう》とはまたメニューのちがう、海産物《かいさんぶつ》たっぷりの和食《わしょく》が、テーブルにならぶ。

うん、今日《きょう》の夕食《ゆうしょく》も、すごくおいしい!

今夜《こんや》も、響《ひびき》くんの部屋《へや》で、3人《にん》でいっしょに夕食《ゆうしょく》をとる。

「少《すこ》し、事件《じけん》の情報《じょうほう》をまとめましょうか」

料理《りょうり》もだいたい食《た》べ終《お》わったころ、響《ひびき》くんが提案《ていあん》する。

「そうだね。いろいろわかったことも、あるもんね」

安紗美《あさみ》ちゃんは、邪魔《じゃま》しないようにと思《おも》っているのか、だまってうなずいている。

「まず、この一連《いちれん》の事件《じけん》のおおもとは、この晴流島《せいりゅうとう》のご神体《しんたい》をねらった犯行《はんこう》グループがいる、ということです。昴流《すばる》さんがグループにさそわれ、ぐうぜん計画《けいかく》を知《し》った安紗美《あさみ》さんが、口封《くちふう》じに狙《ねら》われた。さらにグループを裏切《うらぎ》ったと思《おも》われた昴流《すばる》さんもおそわれた。そして現在《げんざい》も計画《けいかく》は中止《ちゅうし》されていない」

「昴流《すばる》さんの話《はなし》だと、犯行《はんこう》グループは10人《にん》ぐらいだったね」

わたしは、メモ帳《ちょう》に書《か》きとめておいたのを、確認《かくにん》する。

「それでも、不幸中《ふこうちゅう》の幸《さいわ》いも、ありました」

「幸《さいわ》い？」

わたしは、首《くび》をかしげる。

安紗美《あさみ》ちゃんも、不思議《ふしぎ》そうな顔《かお》をしてる。

だって、安紗美《あさみ》ちゃんも昴流《すばる》さんも、ケガをしてるんだもん。

幸《さいわ》いってことはないと、思《おも》うんだけど……。

「いいえ。犯行《はんこう》グループは、安紗美《あさみ》さんも昴流《すばる》さんも、口封《くちふう》じをしようとしたはずです。おそっただけでは、意味《いみ》がないですから。ですが、2度《ど》も……いいえ、島《しま》にきて安紗美《あさみ》さんはもう1度《ど》おそわれているので、3度《ど》ですね。彼《かれ》らは3度《ど》も失敗《しっぱい》をしている。早《はや》くに目撃者《もくげきしゃ》がいたことや、やり方《かた》が雑《ざつ》であったことが、失敗《しっぱい》につながっています。そこから見《み》て、相手《あいて》はプロの犯罪集団《はんざいしゅうだん》というわけじゃない」

響《ひびき》くんは、確信《かくしん》を持《も》った口調《くちょう》で言《い》う。

たしかに。

昴流《すばる》さんの話《はなし》でも、島《しま》の外《そと》からきた若者《わかもの》が犯行《はんこう》グループにさそわれていたみたいだったし。

「そのため、やはり、ためらいがあったのだと思《おも》います」

おそわれたときのことを思《おも》い出《だ》したのか、安紗美《あさみ》ちゃんが身《み》をふるわせている。

わたしは、そっと横《よこ》から手《て》をのばして、その手《て》をにぎる。

「あ……」

安紗美《あさみ》ちゃんは、ハッとしてわたしを見《み》る。

そんな安紗美《あさみ》ちゃんに、わたしは笑《え》みを返《かえ》す。

「でも、犯行《はんこう》グループの……とくにボスの手《て》がかりが、ぜんぜんつかめてないよね。昴流《すばる》さんも知《し》らなかったし。いつ計画《けいかく》が行《おこな》われても、おかしくないっていうのに……」

わたしは、一番大《いちばんおお》きな問題《もんだい》に、表情《ひょうじょう》を暗《くら》くする。

だけど、響《ひびき》くんはそんなわたしの言葉《ことば》に、首《くび》を横《よこ》にふった。

「いえ、そうでもありません。ほぼ、犯人《はんにん》はしぼれています」

「ほんとに!?」

わたしはびっくりして、声《こえ》をあげる。

となりの安紗美《あさみ》ちゃんも、目《め》を見開《みひら》いて響《ひびき》くんを見《み》てる。

「ええ。なので、こちらから、しかけます。手《て》はずもととのえてありますから」

「手《て》はずって、いつの間《ま》に……!」

響《ひびき》くんとは、ずっといっしょにいたけど、そんなそぶりは見《み》せてなかった。

でも、響《ひびき》くんが言《い》うからには、まちがいない。

響《ひびき》くんはつづけて、わたしと安紗美《あさみ》ちゃんに、作戦《さくせん》を話《はな》してくれる。

その内容《ないよう》に、何度《なんど》もおどろきながらも、わたしは助手《じょしゅ》として、自分《じぶん》の役割《やくわり》を確認《かくにん》する。

ひととおり話《はな》し終《お》えてから、響《ひびき》くんは、わたしと安紗美《あさみ》ちゃんを見《み》た。

「――それでは謎解《なぞと》きを始《はじ》めましょう」

19

暗《くら》闇《やみ》にまぎれて

月《つき》もない真夜中《まよなか》。

晴流島《せいりゅうとう》の神社《じんじゃ》を、人影《ひとかげ》の集団《しゅうだん》、10人《にん》ほどが、忍《しの》びながら進《すす》んでいた。

「しかし、急《きゅう》な決行《けっこう》になったな」

人影《ひとかげ》の1人《ひとり》が、けげんそうに言《い》う。

「明日《あした》になると、本州《ほんしゅう》の警察《けいさつ》が、ぞろぞろとくるんだってよ」

べつの人影《ひとかげ》が、けわしい声音《こわね》で答《こた》える。

「そうなのか!? だが、その情報《じょうほう》をつかんでるなら、こっちのもんだな。先《さき》に盗《と》っちまえば、いいわけだから」

人影《ひとかげ》は暗闇《くらやみ》の中《なか》で、ニヤリと笑《わら》う。

「無駄口《むだぐち》をたたくな。さっさと目的《もくてき》のものを、いただいていくぞ」

先頭《せんとう》をあるいていた人影《ひとかげ》が、ふりかえって、注意《ちゅうい》する。

うしろの人影《ひとかげ》たちがうなずき、ピリッとした空気《くうき》になる。

神社《じんじゃ》の境内《けいだい》の奥《おく》までできた人影《ひとかげ》の集団《しゅうだん》は、本殿《ほんでん》に近《ちか》づいていく。

この本殿《ほんでん》の中《なか》に、ご神体《しんたい》が安置《あんち》されている。

たしかな情報《じょうほう》を、人影《ひとかげ》たちは得《え》ていた。

もう少《すこ》しで、計画《けいかく》は成功《せいこう》し、大金《たいきん》が手《て》に入《はい》る。

そう考《かんが》え、思《おも》わずほおをゆるめそうになった人影《ひとかげ》たちは、ふと気《き》づく。

本殿《ほんでん》の前《まえ》。

そこに、うっすらと白《しろ》い影《かげ》がうかんでいる。

月明《つきあ》かりもない中《なか》では、夜目《よめ》になれてきたといっても、2〜3メートルもはなれれば、ほとんどわからない。

今《いま》だって、相手《あいて》が白《しろ》い服《ふく》を着《き》ていなければ、気《き》づかなかっただろう。

人影《ひとかげ》たちは、同時《どうじ》に気《き》づく。

目《め》の前《まえ》の白《しろ》い影《かげ》が、人《ひと》のかたちをしていることに。

「なんだ、おまえは!」

先頭《せんとう》の男《おとこ》が、押《お》し殺《ころ》した声《こえ》で警戒《けいかい》する。

「さそいに乗《の》って、動《うご》き出《だ》したな」

返《かえ》ってきたのは、若《わか》い声《こえ》……いや、「幼《おさな》い」といってもいいかもしれない。

意外《いがい》な声《こえ》に、とまどいつつも、その内容《ないよう》は無視《むし》できない。

まるで、こちらのことを、知《し》っているみたいではないか。

「さそいだと？」

「なにを、わけのわからんことを！」

うしろの人影《ひとかげ》たちが、いらついた声音《こわね》で言《い》って、白《しろ》い人影《ひとかげ》に近《ちか》づいていく。

人影《ひとかげ》の1人《ひとり》が、白《しろ》い人影《ひとかげ》に手《て》をかけようとのばす。

――が。

その手《て》が、すいこまれるようにとられたかと思《おも》うと、一瞬《いっしゅん》で体《からだ》が浮《う》きあがっていた。

「ぐはっ！」

背中《せなか》からたたきつけられて、人影《ひとかげ》はうめき声《ごえ》をあげる。

それを見《み》て、先頭《せんとう》の人影《ひとかげ》は、最大限《さいだいげん》の警戒《けいかい》をする。

「だまらせろ！」

ポケットから、折《お》りたたみのナイフをとりだす。

さわぎはおこしたくない。

なにものかは知《し》らないが、すばやく片《かた》づけて、ご神体《しんたい》を持《も》ち出《だ》さなくてはならない。

「このっ！」

先頭《せんとう》の男《おとこ》が、ナイフを白《しろ》い人影《ひとかげ》にむかって、つき出《だ》す。

しかし、白《しろ》い人影《ひとかげ》は、かろやかなステップで、右《みぎ》にかわすと、そのままナイフを持《も》った腕《うで》をおさえ、親指《おやゆび》だけをひねりあげる。

「いててててっ！」

感《かん》じたことのない痛《いた》みに、思《おも》わず男《おとこ》はナイフをとり落《お》とす。

「なめやがって！」

うしろにいた男《おとこ》たちが、いっせいに白《しろ》い人影《ひとかげ》に飛《と》びかかろうと、身《み》がまえる。

だが、白《しろ》い人影《ひとかげ》はそれを見《み》ても、あわてる様子《ようす》もなく、とりおさえた男《おとこ》を地面《じめん》につき倒《たお》した。

「なめているのは、どっちかな？」

白《しろ》い人影《ひとかげ》が、右手《みぎて》を高々《たかだか》とあげる。

次《つぎ》の瞬間《しゅんかん》――

ダッダッダッダッ

規則《きそく》ただしい靴音《くつおと》とともに、人影《ひとかげ》の集団《しゅうだん》は、なにものかにとりかこまれる。

「な、なんだ⁉」

「どうなってやがるんだ！」

人影《ひとかげ》の集団《しゅうだん》が、いっせいにおろおろとした空気《くうき》に、のまれる。

そして間《ま》をおかずに、ぱあっとライトがいっせいに人影《ひとかげ》の集団《しゅうだん》にむけて、てらされた。

突然《とつぜん》の光《ひかり》に目《め》がくらむ。

なんとか目《め》をならして、まわりを確認《かくにん》して、人影《ひとかげ》の集団《しゅうだん》はがくぜんとした。

自分《じぶん》たちのまわりにいるのが、警官隊《けいかんたい》だということに気《き》づいたからだ。

そして、さっきの白《しろ》い人影《ひとかげ》は、まだ小学生《しょうがくせい》にしか見《み》えない、ただの少年《しょうねん》だった。

状況《じょうきょう》を理解《りかい》できない人影《ひとかげ》の集団《しゅうだん》——ご神体《しんたい》を盗《ぬす》もうとする犯行《はんこう》グループは、あっけにとられて、動《うご》くのがおくれる。

「逮捕《たいほ》しろ！」

少年《しょうねん》のとなりにいた、スーツ姿《すがた》の貫禄《かんろく》のある男《おとこ》が、号令《ごうれい》をかけると、一気《いっき》に警官隊《けいかんたい》が犯行《はんこう》グループをとりおさえにかかる。

抵抗《ていこう》するまもなく、犯行《はんこう》グループは現行犯逮捕《げんこうはんたいほ》される。


その様子《ようす》を見《み》ていたわたしは、ほっと息《いき》をついて、響《ひびき》くんのところにかけよった。

「大丈夫《だいじょうぶ》だった、響《ひびき》くん」

もう何度目《なんどめ》かのことだから、なれてもいいはずなんだけど、やっぱり心配《しんぱい》はしてしまう。

響《ひびき》くんは、なんてことないというように、うなずく。

「問題《もんだい》ありません」

やってきた猿渡警部《さるわたりけいぶ》が、響《ひびき》くんに言《い》う。

「ここは、こっちにまかせておけ。まだ残《のこ》っているんだろう？」

「はい。ここからが本番《ほんばん》です。行《い》きましょう、咲希《さき》さん」

響《ひびき》くんが、わたしをまっすぐに見《み》る。

「うん！　事件《じけん》を解決《かいけつ》しよう」

わたしは響《ひびき》くんの目《め》を、見《み》つめ返《かえ》しながら、大《おお》きくうなずいた。

20 夜《よ》明《あ》け前《まえ》の謎《なぞ》解《と》き

あと2時間《じかん》で、日《ひ》がのぼり始《はじ》めるという夜《よ》明《あ》け前《まえ》。

響《ひびき》くんとわたしは、島《しま》の、ある家《いえ》の前《まえ》にたどりついていた。

広《ひろ》い土地《とち》に、青《あお》い屋根《やね》の2階建《かいだ》ての一軒家《いっけんや》が建《た》っている。

砂利《じゃり》のしかれた庭《にわ》も大《おお》きく、それなりのお金持《かねも》ちだというのがわかる。

待《ま》つこと20分《ぷん》。

その家《いえ》から、ひっそりと出《で》てくる人影《ひとかげ》があった。

「――どこかに、お出かけですか、高畑さん」

響《ひびき》くんは、人影《ひとかげ》に声《こえ》をかける。

ビクッとした人影《ひとかげ》――高畑《たかはた》さんは、響《ひびき》くんを見《み》て、笑《わら》う。

「……なんだ、君《きみ》たちか。おどろかさないでくれよ。しかし、探偵《たんてい》とはいえ、子《こ》どもがこんな時《じ》間《かん》に出歩《である》くのは、感心《かんしん》しないな」

高畑《たかはた》さんはとがめるように、響《ひびき》くんとわたしを見《み》る。

「すみません。こちらにも事情《じじょう》がありまして。ところで、こんな時間《じかん》に、高畑《たかはた》さんはどちらへ？」

響《ひびき》くんは、素直《すなお》にあやまってから、高畑《たかはた》さんをまっすぐに見《み》つめる。

「用事《ようじ》があってね。仕事《しごと》だよ。意外《いがい》といそがしいんだ」

高畑《たかはた》さんは、肩《かた》をすくめる。

「少《すこ》しお話《はな》しできますか？」

「そうだな……まあいいだろう」

高畑《たかはた》さんは腕時計《うでどけい》を見《み》て、うなずく。

「ありがとうございます」

「それにしたって、いったい、こんな時間《じかん》に家《いえ》まできたりして、なんの話《はなし》なんだい？　もしかして、女《おんな》の子《こ》や若《わか》い男性《だんせい》がおそわれた事件《じけん》のことかい？」

高畑《たかはた》さんは、いつもの調子《ちょうし》で明《あか》るく問《と》いかけてくる。

「観光協会会長《かんこうきょうかいかいちょう》の高畑《たかはた》さん、この島《しま》の神社《じんじゃ》には、立派《りっぱ》な純金製《じゅんきんせい》のご神体《しんたい》があるそうですね」

「ああ、この島《しま》の宝《たから》だよ」

「売《う》ったら、さぞかし高《たか》いでしょうね」

「ずいぶんと罰当《ばちあ》たりなことを言《い》うね。でも、たしかに高額《こうがく》な値《ね》がつくだろうね」

高畑《たかはた》さんは、冗談《じょうだん》とうけとったのか、笑《わら》って答《こた》える。

「ところで、気《き》になっていることがあるんです」

「なにかな？」

「昨夜《さくや》の7時《じ》ごろ。旅館《りょかん》にたずねてきたとき、高畑《たかはた》さんは、なぜミカさん——いいえ、安紗美《あさみ》さんの記憶喪失《きおくそうしつ》の手《て》がかりについて、なにもおっしゃらなかったんですか？」

響《ひびき》くんは、するどい視線《しせん》で高畑《たかはた》さんを見《み》る。

「それは、とくになにも情報《じょうほう》がなかったからだよ」

「それならば、情報《じょうほう》はなにもなかった、と言《い》うのが自然《しぜん》です。また、喫茶店《きっさてん》のマスターからの情《じょう》報《ほう》が、その後《ご》どうなったかも気《き》にしなかった」

「さっきから、それがなんだというんだ？」

高畑《たかはた》さんは、少《すこ》しいらだったような口調《くちょう》で、きく。

「こう考《かんが》えると、理由《りゆう》がつきます。昼間《ひるま》、記憶喪失《きおくそうしつ》について、なにも言《い》わなかったのは、必要《ひつよう》がないと知《し》っていたから。もちろん、安紗美《あさみ》さんの記憶喪失《きおくそうしつ》が治《なお》ったことを口《くち》にしたりしないように、気《き》をつけていたと思《おも》いますが。そして、喫茶店《きっさてん》にいったときのことについては、ぼくたちから話《はなし》をきくまでもなく、どんな話《はなし》をしたのかを知《し》っていた」

「想像《そうぞう》にすぎないね。君《きみ》は、やけに想像力《そうぞうりょく》がゆたかだな。有名《ゆうめい》な探偵《たんてい》なんじゃないのか。小説家《しょうせつか》だとはきいてないが」

高畑《たかはた》さんは笑《わら》って肩《かた》をすくめるが、響《ひびき》くんはかまわずに、話《はなし》をつづける。

「そう考《かんが》えると、最初《さいしょ》に高畑《たかはた》さんに出会《であ》ったときのことも、気《き》になります。あれがぐうぜんではなかったとしたら？　港《みなと》で見《み》はっていた仲間《なかま》から、安紗美《あさみ》さんが島《しま》にもどってきたことをきいて、接触《せっしょく》しようとあの場《ば》にあらわれた。たい焼《や》き屋《や》のおばさんが声《こえ》をかけなければ、高畑《たかはた》さんから声《こえ》をかけるつもりだったんじゃないですか？」

「もういい。そんな空想話《くうそうばなし》をきかせるために、よびとめたのか」

高畑《たかはた》さんは、話《はなし》は終《お》わりだと、そのまま歩《ある》き去《さ》ろうとする。

その背中《せなか》に、響《ひびき》くんが言葉《ことば》を投《な》げかける。

「——本州《ほんしゅう》から、明日《あした》、警察《けいさつ》がやってくる。そうききましたか？」

「……なに？」

高畑《たかはた》さんは足《あし》を止《と》めて、響《ひびき》くんをふり返《かえ》る。

表情《ひょうじょう》が、今《いま》まで見《み》たことないような、けわしいものになっている。

高畑《たかはた》さんの視線《しせん》が、わたしのほうにむく。

昨日《きのう》の夕食《ゆうしょく》のあと、わたしは高畑《たかはた》さんに電話《でんわ》をしていた。

明日《あした》、島《しま》を見《み》てまわるのに、オススメの場所《ばしょ》はないかって。用件《ようけん》はそれらしく考《かん》えたもの。

その会話《かいわ》の中《なか》で、わたしは口《くち》をすべらせたフリで、「捜査《そうさ》の応援《おうえん》に、本州《ほんしゅう》の警察《けいさつ》が明日《あした》やってくる」と、もらしておいた。

高畑《たかはた》さんに、響《ひびき》くんの聡明《そうめい》さは気《き》づかれている。

同《おな》じことを響《ひびき》くんがやっても、うたがわれる可能性《かのうせい》がある。

だけど、わたしなら警戒心《けいかいしん》がうすいはずだって。

それが、響《ひびき》くんにたのまれた、わたしの役割《やくわり》なんだ。

「その情報《じょうほう》は、ぼくが咲希《さき》さんにたのんで、流《なが》してもらったものです。本当《ほんとう》はちがうんですよ。本州《ほんしゅう》からの警察《けいさつ》は、今日《きょう》のうちにきていました」

「なっ!?　……それじゃあ」

高畑《たかはた》さんは、おどろきに顔《かお》をそめる。

「ちょうど今《いま》、神社《じんじゃ》で、あなたの部下《ぶか》たちがつかまったところです」

追《お》い打《う》ちをかけるように、響《ひびき》くんがさっきのことを、つげる。

「きさまぁ！」

高畑《たかはた》さんは、顔《かお》を真《ま》っ赤《か》にする。

そのまま不意《ふい》をついて、響《ひびき》くんにむかって、飛《と》びかかってくる。

危《あぶ》ないっ！

わたしが声《こえ》をあげる間《ま》もなく、高畑《たかはた》さんが響《ひびき》くんに、組《く》みつく。

響《ひびき》くんと高畑《たかはた》さんの体《からだ》の大《おお》きさのちがいは、見《み》るからに明《あき》らかで、高畑《たかはた》さんの体《からだ》にすっぽりと響《ひびき》くんの体《からだ》が、かくれてしまう。

「このおぉ!!」

高畑《たかはた》さんがうなり声《ごえ》をあげて、響《ひびき》くんを力《ちから》まかせに、地面《じめん》に押《お》し倒《たお》す。

ドサッ、とにぶい音《おと》がして、わたしは我《われ》に返《かえ》る。

た、助《たす》けなきゃ！

わたしが響《ひびき》くんにかけよろうとした瞬間《しゅんかん》――

「ぐわあぁ！」

高畑《たかはた》さんの体《からだ》が、宙《ちゅう》を舞《ま》っていた。

巴《ともえ》投《な》げ!?

響《ひびき》くんの右足《みぎあし》が、高畑《たかはた》さんのお腹《なか》をけりあげて、そのいきおいのまま1回転《かいてん》して反対側《はんたいがわ》に倒《たお》れこむ。

「ぐはっ！」

高畑《たかはた》さんは背中《せなか》を打《う》ちつけて、うめき声《ごえ》をあげて動《うご》けずにいる。

「響《ひびき》くん！」

わたしは響《ひびき》くんにかけよって、顔《かお》をのぞきこむ。

「大丈夫《だいじょうぶ》ですよ、咲希《さき》さん」

わたしが手《て》をさし出《だ》すと、響《ひびき》くんはその手《て》をとって、おきあがる。

投《な》げ飛《と》ばされた高畑《たかはた》さんは、まだ倒《たお》れこんだままだ。

「――**証明終了《しょうめいしゅうりょう》。ご清聴《せいちょう》ありがとうございました**」

響《ひびき》くんは、高畑《たかはた》さんを見《み》つめたまま、しずかに言《い》った。


「そっちも、終《お》わったようだな」

タイミングよく、猿渡警部《さるわたりけいぶ》がやってくる。

猿渡警部《さるわたりけいぶ》は、連《つ》れてきた警察官《けいさつかん》に、高畑《たかはた》さんを逮捕《たいほ》するように指示《しじ》を出《だ》す。

「急《きゅう》に呼《よ》びつけてしまって、すみませんでした」

響《ひびき》くんは、そんな猿渡警部《さるわたりけいぶ》に頭《あたま》をさげる。

「かまわないよ。それが仕事《しごと》だ」

猿渡警部《さるわたりけいぶ》は、ニカッと笑《わら》う。

「でも、響《ひびき》くん。いつ、猿渡警部《さるわたりけいぶ》に連絡《れんらく》していたの？」

旅館《りょかん》で響《ひびき》くんから話《はなし》をきいたとき、まさか猿渡警部《さるわたりけいぶ》がきてるなんて、思《おも》ってもいなかったから、びっくりしたんだよね。

「最初《さいしょ》に、ミカさん……安紗美《あさみ》さんがおそわれたときには」

「そんなに早《はや》く!?」

「はい。背後《はいご》に大《おお》きな事件《じけん》がひそんでいると、想像《そうぞう》がつきましたから」
響《ひびき》くんは、なんでもないことのように、答《こた》える。
だって、まだそのときはご神体《しんたい》をねらった事件《じけん》とか、想像《そうぞう》もつかなかったはずだよね。
安紗美《あさみ》ちゃんの記憶喪失《きおくそうしつ》だって、まだ本当《ほんとう》だと思《おも》っていたときだし。
あはは……。
思《おも》わず、笑《わら》いがこぼれちゃうよ。
響《ひびき》くんは、いったいどこまで先《さき》を、見通《みとお》してるんだろう。
猿渡警部《さるわたりけいぶ》と話《はな》す響《ひびき》くんを、横目《よこめ》で見《み》る。
やっぱり、響《ひびき》くんは名探偵《めいたんてい》だよ。
わたしは心《こころ》の中《なか》で、あらためて思《おも》った。

21 笑顔《えがお》を守《まも》るため

その日《ひ》の朝《あさ》。

ブオオオオオオンッ

汽笛《きてき》が、フェリーが本州《ほんしゅう》の港《みなと》に近《ちか》づいたことを、知《し》らせてくる。

響《ひびき》くん、安紗美《あさみ》ちゃん、わたしの3人《にん》は、目《め》の前《まえ》に少《すこ》しずつ近《ちか》づいてくる港《みなと》を、じっとながめていた。

昴流《すばる》さんは、まだ治療《ちりょう》が必要《ひつよう》とのことで、島《しま》の病院《びょういん》に入院中《にゅういんちゅう》。

それに、犯行《はんこう》グループに加《くわ》わっていたことは事実《じじつ》なので、警察《けいさつ》から取《と》り調《しら》べをうけることになる。

どういう罪《つみ》になるのかは、まだわからないみたいだけど。

響《ひびき》くんや猿渡警部《さるわたりけいぶ》の話《はなし》だと、直接《ちょくせつ》、事件《じけん》にはかかわらなかったから、重《おも》い罪《つみ》にはならないだろうっていう話《はなし》だ。

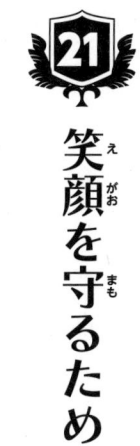

フェリーのタラップをおりて、港《みなと》におりたつ。

「おかえりなさい、みんな」

フェリーの出口《でぐち》から、少《すこ》しはなれたところに、琴音《ことね》が立《た》っていた。

わざわざ、むかえにきてくれたんだ。いそがしいはずなのに。

「話《はなし》はきいたわ、響《ひびき》くん、咲希《さき》。いろいろとありがとう」

琴音《ことね》が、響《ひびき》くんとわたしに頭《あたま》を下《さ》げる。

「い、いいよ！　そんなに頭《あたま》を下《さ》げたりしなくて」

わたしは、あわてる。

「そうですよ、琴音《ことね》さん。ぼくたちは、依頼《いらい》をはたしただけなんですから」

響《ひびき》くんの言葉《ことば》に、ようやく琴音《ことね》は頭《あたま》をあげてくれる。

「響《ひびき》くんならやってくれると、信《しん》じてたわ」

琴音《ことね》は、まっすぐに響《ひびき》くんを見《み》つめる。

「琴音《ことね》さんの信頼《しんらい》に、こたえられてよかったです」

響《ひびき》くんは、肩《かた》をすくめて笑《わら》う。

琴音《ことね》はそんな響《ひびき》くんを見《み》てから、わたしにも視線《しせん》をむける。

「やっぱり、響《ひびき》くんと咲希《さき》にたのんでよかった」

琴音《ことね》は、うれしそうに笑《わら》う。

「わたしも？」

いつものこととはいえ、事件《じけん》は響《ひびき》くんが、ほとんど解決《かいけつ》したっていう感《かん》じなんだけど。

「もちろんよ。だって、あなたは響《ひびき》くんの助手《じょしゅ》でしょう。この事件《じけん》は、あなたたち2人《ふたり》に依頼《いらい》したんだもの」

「そっか……」

琴音《ことね》の言葉《ことば》に、じわじわとうれしさが、こみあげてくる。

響《ひびき》くんの助手《じょしゅ》だって認《みと》めてもらえるのは、やっぱりうれしいよ。

琴音《ことね》は、わたしのうしろにかくれるようにいる、安紗美《あさみ》ちゃんを見《み》る。

琴音《ことね》はゆっくりと、安紗美《あさみ》ちゃんに近《ちか》づいていく。

目《め》の前《まえ》までいくと、ビクッと安紗美《あさみ》ちゃんが肩《かた》をふるわせた。

「ミカ……。いいえ、藤本安紗美《ふじもとあさみ》さんだったわね」

琴音《ことね》は言《い》い直《なお》して、正面《しょうめん》から安紗美《あさみ》ちゃんを見《み》つめる。

「…………」

安紗美《あさみ》ちゃんは、うつむいたまま。

たぶん、だましてもうしわけないって思《おも》ってるんじゃないかな。

記憶喪失《きおくそうしつ》だって、ウソをついていたことを、ずっと気《き》にしていたから。

琴音《ことね》は、そんな安紗美《あさみ》ちゃんをしばらく見《み》つめたあと、ぽつりと言《い》った。

「……よかったわ」

「えっ」

意外《いがい》だったのか、安紗美《あさみ》ちゃんがおどろいた様子《ようす》で、顔《かお》をあげる。

「やっと、こっちを見《み》てくれたわね」

琴音《ことね》が肩《かた》をすくめる。

「安紗美《あさみ》がウソをついている可能性《かのうせい》について、考《かんが》えていないわけではなかった。でも、たとえウソをつかれていたとしても、あなたの必死《ひっし》さを感《かん》じたから、希望《きぼう》を叶《かな》えてあげたかった。だから、わたしはうれしいの」

琴音《ことね》は、花《はな》が咲《さ》いたような笑顔《えがお》を、安紗美《あさみ》ちゃんにむける。

それを見《み》た安紗美《あさみ》ちゃんの瞳《ひとみ》に、涙《なみだ》がたまっていく。

「琴音《ことね》お姉《ねえ》ちゃん……ごめんなさい！」

安紗美《あさみ》ちゃんは泣《な》きながら、琴音《ことね》にだきつく。

琴音《ことね》もそれをやさしく、だきしめる。

そんな琴音《ことね》を、響《ひびき》くんが、やさしい目《め》で見《み》つめている。

こんなにあたたかな表情《ひょうじょう》、あまり見《み》たことがない。

……やっぱり、響《ひびき》くんにとっては、琴音《ことね》は、少《すこ》し特別《とくべつ》な人《ひと》なのかも。

でも、琴音《ことね》はすごく素敵《すてき》な女性《じょせい》だもん。

響《ひびき》くんの気持《きも》ちも、わかるなあ……。

「どうしたの、咲希《さき》。ぼーっとして」

琴音《ことね》が、安紗美《あさみ》ちゃんをだいたまま、声《こえ》をかけてくる。

「みんな、仲《なか》がいいなぁ、と思《おも》って」

わたしが答《こた》えると、琴音《ことね》はきょとんとした顔《かお》

をする。

「なに咲希《さき》が入《はい》っていないみたいな、言《い》い方《かた》をしてるのよ。咲希《さき》はわたしの友達《ともだち》でしょ。今度《こんど》は、依頼《いらい》の話《はなし》は抜《ぬ》きにして、お茶《ちゃ》でもしましょう。安紗美《あさみ》もいっしょにね」

琴音《ことね》はそう言《い》って、わたしを見《み》てから、安紗美《あさみ》ちゃんにも視線《しせん》をむける。

「ぼくは、仲間《なかま》はずれのようですね」

響《ひびき》くんが肩《かた》をすくめる。

「それはそうよ。女《おんな》の子《こ》どうしの話《はなし》なんだから」

「そうそう！」

琴音《ことね》が言《い》って、わたしがうなずくと、思《おも》わずおたがいにふきだす。

安紗美《あさみ》ちゃんも、クスクスと笑《わら》っている。

こんなふうに、笑《わら》いあえるようになって、よかった。

こういう瞬間《しゅんかん》に、依頼《いらい》をはたせてよかったんだって、思《おも》えるよ。

たぶん、響《ひびき》くんも、みんながこんな笑顔《えがお》でいられるように、探偵《たんてい》をしているのかも。

響《ひびき》くんを見《み》ると、やわらかな表情《ひょうじょう》で、琴音《ことね》、安紗美《あさみ》ちゃん、わたしを見《み》てる。

こんな笑顔《えがお》を守《まも》るためにも、これからも、もっと助手《じょしゅ》をがんばらなくちゃね！

あとがき

こんにちは！　少年探偵《しょうねんたんてい》 響《ひびき》の記録係《きろくがかり》こと、秋木真《あきぎしん》です。

今回《こんかい》も、潜入捜査《せんにゅうそうさ》に始《はじ》まり、謎《なぞ》の記憶喪失《きおくそうしつ》の少女《しょうじょ》の登場《とうじょう》など、響《ひびき》と咲希《さき》が大活躍《だいかつやく》します。

「怪盗《かいとう》レッド」シリーズを読《よ》んでいる人《ひと》は知《し》っている、〝あの人《ひと》〟も登場《とうじょう》するので、ぜひ本編《ほんぺん》で確認《かくにん》してみてくださいね。

さて。響《ひびき》に探偵《たんてい》の心得《こころえ》をきいたから、今度《こんど》は咲希《さき》に探偵《たんてい》の助手《じょしゅ》の心得《こころえ》をきいてみたいなー、と思《おも》って、咲希《さき》をよんでみました。

「秋木《あきぎ》さん、こんにちは。急《きゅう》によばれたので、びっくりしました」

咲希《さき》がきたね。じつは質問《しつもん》があって、よんだんだ。探偵《たんてい》の助手《じょしゅ》の心得《こころえ》って、なにかある？

「探偵《たんてい》の助手《じょしゅ》の心得《こころえ》……ですか？　う～ん……わたしも響《ひびき》くんの助手《じょしゅ》にしてもらったばかりですし、まだまだ勉強中《べんきょうちゅう》です！」

そういう答《こた》えが返《かえ》ってくる気《き》がしてたけど、じゃあ、響《ひびき》の助手《じょしゅ》をするのに、気《き》をつけてることとかはある？

「響《ひびき》くんの、ですか……『ちゃんと近《ちか》くで見《み》ていること』かな」

見《み》ている？　って、映像記憶能力《えいぞうきおくのうりょく》のこと？

「そうではなくて、響《ひびき》くん自身《じしん》のことや、響《ひびき》くんの近《ちか》くで同《おな》じものを見《み》たりできる場所《ばしょ》に居《い》つづけることです。響《ひびき》くんは、ときどき推理《すいり》に夢中《むちゅう》になりすぎて、どこか遠《とお》くにいってしまうみたいなことがあるので。助手《じょしゅ》としては、探偵《たんてい》が現実《げんじつ》にもどってくるときの道《みち》しるべになれたらいいなって」

なるほど！　響《ひびき》はたまに推理《すいり》や事件《じけん》に夢中《むちゅう》すぎて、危《あぶ》なっかしいところもあるしね。

もっと捜査《そうさ》のサポート的《てき》なことかと思《おも》ったから、ちょっと意外《いがい》だったよ。

でも、ありがとう！

次《つぎ》に出《で》るのは、怪盗《かいとう》レッド14巻《かん》の予定《よてい》です。

みんながびっくりするような、大《おお》きな事件《じけん》がおきるかも。

楽《たの》しみに待《ま》っててください。

それじゃあ、また次《つぎ》の響《ひびき》たちの活躍《かつやく》で、お会《あ》いしましょう！

秋木《あきぎ》真《しん》

角川つばさ文庫

秋木 真／作
静岡県生まれ、埼玉県育ち。AB型。友人からは二重人格とよく言われる。『ゴールライン』（岩崎書店）でデビュー。主な作品に「怪盗レッド」シリーズ、「黒猫さんとメガネくん」シリーズ（共に角川つばさ文庫）、「リオとユウの霊探事件ファイル」シリーズ（集英社みらい文庫）。最近は、エアレース（飛行機レース）を観るのにはまっている。

しゅー／絵
神奈川県下在住のマンガ家・イラストレーター。イラストを担当した作品に「怪盗レッド」シリーズ（角川つばさ文庫）、「超自宅警備少女ちのり」シリーズ（GA文庫）などがある。すごく辛いカレーが好き。

角川《かどかわ》つばさ文庫《ぶんこ》　Aあ3-44

少《しょう》年《ねん》探《たん》偵《てい》 響《ひびき》④
記《き》憶《おく》喪《そう》失《しつ》の少女《しょうじょ》のナゾ!?の巻《まき》

作《さく》　秋《あき》木《ぎ》真《しん》
絵《え》　しゅー

2017年10月15日　初版発行

発行者　郡司 聡
発　行　株式会社KADOKAWA
〒102-8177　東京都千代田区富士見 2-13-3
電話　0570-002-301（ナビダイヤル）
印　刷　暁印刷
製　本　BBC
装　丁　ムシカゴグラフィクス

ISBN978-4-04-631738-4　C8293　　N.D.C.913　198p　18cm

読者のみなさまからのお便りをお待ちしています。下のあて先まで送ってね。
いただいたお便りは、編集部から著者へおわたしいたします。

〒102-8078　東京都千代田区富士見 1-8-19　角川つばさ文庫編集部

角川つばさ文庫発刊のことば

角川グループでは『セーラー服と機関銃』(81)、『時をかける少女』(83・06)、『ぼくらの七日間戦争』(88)、『リング』(98)、『ブレイブ・ストーリー』(06)、『バッテリー』(07)、『DIVE!!』(08) など、角川文庫と映像とのメディアミックスによって、「読書の楽しみ」を提供してきました。

角川文庫創刊60周年を期に、十代の読書体験を調べてみたところ、角川グループの発行するさまざまなジャンルの文庫が、小・中学校でたくさん読まれていることを知りました。

そこで、文庫を読む前のさらに若いみなさんに、スポーツやマンガやゲームと同じように「本を読むこと」を体験してもらいたいと「角川つばさ文庫」をつくりました。

読書は自転車と同じように、最初は少しの練習が必要です。しかし、読んでいく楽しさを知れば、どんな遠くの世界にも自分の速度で出かけることができます。それは、想像力という「つばさ」を手に入れたことにほかなりません。

「角川つばさ文庫」では、読者のみなさんといっしょに成長していける、新しい物語、新しいノンフィクション、角川グループのベストセラー、ライトノベル、ファンタジー、クラシックスなど、はば広いジャンルの物語に出会える「場」を、みなさんとつくっていきたいと考えています。

読んだ人の数だけ生まれる豊かな物語の世界。そこで体験する喜びや悲しみ、くやしさや恐ろしさは、本の世界の出来事ではありますが、みなさんの心を確実にゆさぶり、やがて知となり実となる「種」を残してくれるでしょう。

かつての角川文庫の読者がそうであったように、「角川つばさ文庫」の読者のみなさんが、その「種」から「21世紀のエンタテインメント」をつくっていってくれたなら、こんなにうれしいことはありません。

物語の世界を自分の「つばさ」で自由自在に飛び、自分で未来をきりひらいていってください。

ひらけば、どこへでも。——角川つばさ文庫の願いです。

角川つばさ文庫編集部